Éric Fottorino

Questions
à mon père

Gallimard

Licencié en droit et diplômé en sciences politiques, Éric Fottorino est l'ancien directeur du journal *Le Monde*. Il a publié son premier roman, *Rochelle*, en 1991. *Un territoire fragile* (Stock) a reçu le prix Europe 1 et le prix des Bibliothécaires. Il est également l'auteur de *Caresse de rouge*, paru aux Éditions Gallimard, couronné par le prix François-Mauriac 2004. *Korsakov*, son septième roman, a été récompensé par le prix Roman France Télévisions 2004, et par le prix des Libraires 2005. Il a reçu le prix Femina pour *Baisers de cinéma* (Gallimard) et le Grand Prix des lectrices de *Elle* pour *L'homme qui m'aimait tout bas.*

Ne plus chercher à mordre : laisser aux phrases la bouche ouverte.

ELIAS CANETTI
Le Cœur secret de l'horloge

1

Le 31 décembre dernier, j'ai souhaité bonne année à Maurice. Il m'a dit que pour lui elle serait courte. En l'embrassant j'ai senti le dur sous la chair diminuée de ses joues. Les angles de son visage. Pour la première fois j'ai éprouvé sa maladie. J'ai pensé à l'expression « n'avoir que la peau sur les os ». Il faudrait dire : « n'avoir que les os sous la peau ».

Le lendemain je repartais pour Paris. J'ai conduit son auto jusqu'à l'aéroport de Toulouse. Il s'est assis près de moi. Nous regardions chacun devant soi, ensemble dans la même direction. Sans même deviner son expression je lui ai demandé s'il accepterait de répondre à des questions que je voulais lui poser depuis longtemps.

J'allais avoir cinquante ans, lui glissait doucement vers ses soixante-quatorze ans. La mort risquait de l'emporter bientôt. J'ignorais sa date de naissance. Nous nous connaissions si peu. Je l'avais rencontré la première fois à l'âge de dix-sept ans. Puis de loin en loin jusqu'à ma quarantaine. Puis plus rien avant ces cinq ou six dernières années. Alors nous nous étions vus plus souvent. Ma méfiance s'était effacée devant le désir de le découvrir.

Je ne savais rien de lui ou presque, sauf qu'il était mon père.

Tout s'est passé très simplement. Il a accepté : oui, d'accord, si tu veux, si cela peut t'aider. Il a juste ajouté que sa vie était très banale, qu'il connaissait parmi ses proches des gens bien plus intéressants, plus brillants. Il m'a parlé d'un vieil oncle qui pourrait me raconter les siens par le menu, et aussi d'une sœur de son père rescapée de l'âge, un peu mauvaise d'esprit mais remplie de souvenirs. Je lui ai fait comprendre que lui seul m'intéressait. Il n'a pas bronché mais j'ai senti qu'au fond il n'espérait pas d'autre réaction de ma part. Nous arrivions à l'aéroport. J'ai pris mes bagages. Il s'est installé au volant sans aide, sa canne à portée de main.

Tout à coup j'ai senti un vide immense. On n'allait pas se quitter comme ça, comme toutes les autres fois. Il fallait trouver quelque chose, vite. C'est venu sans réfléchir. J'ai proposé de lui écrire à son adresse électronique. Je n'attendais pas de lui de longues réponses. À peine quelques lignes, quand il voudrait. « Surtout que cela ne te fatigue pas », ai-je insisté.

On s'est séparés sur ces mots.

Il m'a semblé en l'embrassant que son visage était moins anguleux, qu'il s'était un peu remplumé depuis la veille. C'était une impression.

De retour chez moi dans la soirée, je me suis précipité sur mon ordinateur et j'ai demandé à Maurice ce que cela signifiait pour lui d'être juif.

Le lendemain matin il m'avait envoyé ces cinq mots : « Être juif c'est avoir peur. »

C'était commencé. Il faudrait toucher le fond de cette peur.

Moi aussi j'avais souvent éprouvé une telle sensation.

Pourtant je n'avais pas élevé Maurice... Je veux dire : Maurice ne m'avait pas élevé. Était-ce que j'étais le fils d'un Juif, ou un fils sans père ?

Une idée m'a traversé l'esprit.

J'ai pensé que chacune de mes questions le maintiendrait en vie. C'était idiot, mais je ne pouvais chasser cette idée : aussi longtemps que j'aurais des choses à lui demander — et j'en avais tellement — Maurice ne mourrait pas. Il ne pourrait pas mourir. J'ai voulu croire à la force des histoires. À la puissance des mots contre la mort. Cela m'a plu, cette idée. Je me suis senti léger comme un enfant qui se jure en secret de rester immortel. Je me suis souvenu d'un phénomène étrange que m'a raconté mon ami Erik. La vertu vitale de la procédure. Des hommes meurent sitôt que s'achève une longue procédure. Alors il faut la faire durer. La procédure est leur squelette, leur cœur qui tape aux barreaux de la cage thoracique. S'arranger pour la prolonger le plus longtemps possible. Je me ferai procédurier. J'exigerai des précisions, des éclaircissements. Je serai le greffier de nos silences changés en conversation sans fin. Notre histoire réveillée, révélée, sera son assurance-vie.

J'étais résolu à étirer le temps. J'ai posé une deuxième question. Puis une autre, et d'autres encore. Mille et une nuits, ce serait déjà ça de gagné.

Les semaines suivantes il a répondu chaque matin à mes questions du soir. Je le soupçonnais de ne guère dormir quand je découvrais ses mails envoyés bien avant l'aube. Pendant trois jours je n'ai plus rien reçu. D'abord je ne me suis pas inquiété. Je ne voulais pas m'inquiéter. Mais c'était plus fort que moi. Ce silence est devenu très pesant. Insupportable. Je ne quittais plus des yeux mon écran d'ordinateur, guettant le moindre signe de lui. J'aurais pu téléphoner. Mais je ne voulais pas risquer de le réveiller. Il trouvait si difficilement le sommeil la nuit qu'il s'effondrait parfois en pleine journée. Je me suis tout imaginé. Moi je ne sais prévoir que le pire.

J'ai pensé qu'il ne voulait pas poursuivre. Que cela lui était pénible de remuer tout ce passé. Ou alors qu'il trouvait cela inutile. Qu'il avait mieux à faire, par exemple rassembler ses forces contre le mal qui le minait. Nous avions été si doués pour nous perdre, depuis toute la vie.

Je me trompais. Un matin j'ai trouvé trois lignes postées tard le soir. Son Internet s'était détraqué. Il avait dû appeler un technicien. Et puis il ne supportait plus son traitement chimique. Bien qu'il fût avare de détails, j'ai compris qu'il avait souffert plus encore qu'à l'accoutumée. Plus tard, sa femme Paulette m'avoua qu'il avait enduré le martyre. J'ai lu et relu ces lignes avec soulagement. Nous avons repris nos échanges.

Le dimanche, j'interrompais ce dialogue silencieux en l'appelant vers la tombée du soir. J'avais remarqué qu'il était toujours éveillé à ce moment de la journée. La plupart du temps il décrochait lui-même. Je prenais garde de ne pas demander bêtement : « ça va ? » puisque ça ne pouvait jamais aller vraiment. Je commençais plutôt par : « je ne te dérange pas ? » ou : « tu as pu te reposer ? ». Parfois sa voix était ferme et enjouée, son débit rapide. Il me questionnait sur tout et sur rien, le travail, les enfants, la politique. Parfois sa voix détimbrée semblait sortir d'une bande magnétique froissée alternant les aigus et les graves, si faible que je devais l'obliger à répéter. Il parlait comme on pleure, d'un ton saccadé qui me serrait le cœur. Il semblait si loin.

Mais je réalise que je suis allé beaucoup trop vite. Je n'ai pas évoqué mes jambes marocaines ni ma méfiance à dix-sept ans quand j'ai vu Maurice pour la première fois. Dans ma précipitation à vouloir retenir le cours des choses, je n'ai rien dit du temps où nous étions vivants et indifférents, où nous étions étrangers l'un pour l'autre, insolents de santé, milliardaires de notre vie et la passant à nous ignorer.

Je reprends depuis le début.
Ce ne sera pas long.

2

C'est un matin ancien, un matin d'hiver dans une ville de l'Atlantique.

Le jour n'est pas encore levé. Il gèle à pierre fendre. Le noir du bitume est glacé de givre. Un train attend en gare, qui va descendre vers le Sud.

Mon père me conduit en voiture. Une voiture russe. Il dit qu'elle a l'habitude du froid. Je ne dois pas m'inquiéter. Je ne vais pas rater le train. Les rues sont vides. L'auto dérape, frôle les trottoirs. Nous sommes seuls à glisser sous les réverbères, le volant et les roues n'en font qu'à leur guise. « Ne t'inquiète pas », répète Michel. C'est mon père adoptif. Un vrai faux père. Il m'a donné son nom, un nom de Méditerranée. Il m'a donné ses souvenirs, sa Tunisie natale, son calme, même quand l'auto lui échappe, et son fils, un peu.

Il craint de ne plus me revoir. Il n'en montre rien. Il ne montre jamais rien. Même la veille de se suicider il ne montrait rien qu'un sourire, mais nous n'en sommes pas là. Pour l'instant il est bien vivant et sa hantise c'est que je cesse de lui appartenir. Au bout de la voie ferrée, dans une ville du Sud, un autre père m'attend. Le vrai, celui du sang dans les veines. Il s'appelle Maurice. Je ne l'ai jamais vu. L'aube découpe dans le premier ciel les tours du port. Quel froid! La ville où je vais est connue pour les hauts murs de sa maison d'arrêt. Pour sa rivière tombée des montagnes. Un ancien président y a vécu jadis, Vincent Auriol — Vincentauriol dit mon père, le vrai faux, en forçant la liaison qu'il fait souvent maltappropriée, insiste-t-il en essayant de blaguer. Là-bas il existe aussi une clinique. Une clinique spéciale. Une maternité. Celle de Maurice. Il est accoucheur, gynécologue, obstétricien, chirurgien. Tout ça pour un seul homme. Il doit avoir quatre mains ou davantage, mais aucune n'a pu m'attraper, le jour de ma naissance. Il avait ses raisons.

Le train glisse dans une pulsation de métal. C'est un accouchement dans les fers. J'ai dix-sept ans, cinq mois et neuf jours. Mon père m'attend depuis dix-sept ans, cinq mois et neuf jours.

Maintenant c'est la fin du voyage.
Trente-trois ans ont passé.
Dites trente-trois.
Tu es malade.

Trente-trois ans, une vie de Christ.

Une vie de Juif.

Tu ne marches plus ou si peu.

Des heures dans un fauteuil roulant, dans ton canapé. Des heures, des jours.

Sur ton visage une drôle d'expression, celle d'un vieux petit garçon qui se demande bien ce qu'il a fait de sa jeunesse, de son pays, le Maroc.

Entre nous il n'y a pas de bon vieux temps à regretter.

Être juif c'est avoir peur, tu as dit.

Mais revenons trente-trois ans en arrière.

Ce train à quai dans une ville du Sud.

Tu n'as pu venir me chercher. Ce matin-là, trop d'accouchements, de consultations. Ton métier. L'appréhension aussi, qui sait, de me voir te chercher sur un quai de gare.

Tu as envoyé Paulette. Elle m'a dévisagé d'un air curieux et doux.

« Vous ne lui ressemblez pas trop. »

Ça viendra avec le temps.

Tout vient avec le temps. Le temps qui creuse, qui accuse les traits.

Mais qui parle d'accuser ?

Je n'accuse personne.

Elle m'a déposé devant la clinique.

On m'a installé dans une salle d'attente.

Dix-sept ans, cinq mois, neuf jours, une salle d'attente.

Attendre, encore.

Dix-sept ans, cinq mois, neuf jours. L'âge de ma mère quand elle m'a mis au monde.

Ce jour de mon adolescence je ne sais pas qui j'attends, à quoi tu ressembles. Je ne possède qu'une vieille photo en noir et blanc, minuscule, au bord crénelé. Une photo prise de loin. Même entre mes doigts, il faut toujours que tu sois loin. Je vois un jeune homme d'une vingtaine d'années. Tu souris, je distingue tes dents blanches, tes lèvres fines. Tu portes un pullover à col roulé. Où es-tu? Assis sur un rocher, dans un lieu inconnu où il fait froid.

Comme aujourd'hui.

La porte de la salle d'attente vient de s'ouvrir.

C'est toi. Ici tu es un roi, avec une couronne de cheveux blancs. Tu as quarante-deux ans. À mes yeux tu es déjà vieux. Des pattes argentées descendent le long de tes joues jusqu'au-dessous des lobes de tes oreilles. Ta peau est mate, un teint de cuivre.

Tu me regardes avec insistance. Tu me scrutes. Ça commence juste, l'examen. Tu m'as tendu ta main à serrer. Tu as l'air… je ne sais pas. L'air content, peut-être, soulagé, peut-être, inquiet, sûrement.

Tu me fais asseoir en face de toi.

Je suis chez le médecin.

Tu vas m'ausculter.

Tu m'as demandé de me mettre en slip et en tricot de peau. J'ai obéi sans protester. Ton regard qui scrute, encore. J'entends le son de ta voix.

— Tu as les muscles longs, comme moi. Comme Fausto Coppi. Au Maroc on me criait : « Vas-y, Coppi » quand je grimpais les rues de Fès.

J'entends : « fesse ».

Tu es Juif du Maroc. De Fès. On dit Fassi. Facile à retenir. Pas facile de me retenir, moi. Tu dois penser à ça : me retenir. Dix-sept ans, etc.

Tu poursuis ton examen tout en me questionnant. Tu sembles vérifier des choses dans ta tête, tu essaies de recoller un miroir brisé.

— Cœur lent, murmures-tu, comme moi. Bonne tension, 13-7, parfait.

Le caoutchouc du tensiomètre a comprimé mon bras. J'ai senti mon sang s'affoler le long du biceps à mesure que tu pressais par petits coups secs la poire de l'appareil. La marque sur ma peau, que tu regardes, pensif. J'ignore que les Juifs portent une marque semblable quand ils détachent leurs accessoires de prière de leur bras gauche, le bras du cœur.

Je me rhabille sous ton regard. Je remarque son acuité, des yeux qui fixent sans détour. C'est impressionnant, ce regard noir mais sans colère, en tout cas pas contre moi.

Tu m'emmènes dans ton auto couleur sable. Le contraire d'une auto de Russie. Elle est confortable. On entend à peine le moteur.

Ta femme, tes enfants. Le plus grand est mon cadet de cinq ans. Aucun ne porte un prénom juif. Moi non plus.

Leur nom de famille c'est Maman. Comme maman (mais maman n'a jamais pu porter le nom de Maman). Ça se dit comme gitane, frangipane. C'est un nom qui réchauffe quand on le prononce, comme butane ou propane. Longtemps ce fut pour moi un nom explosif.

3

L'année vient de commencer.
Tu me dis qu'elle sera courte.
Pour toi.
Je ne réponds pas.
Tu souffres d'une maladie traîtresse. Elle te ronge le creux des reins, le bas du dos, menace ta colonne. Tumeurs, tu meurs. Tu serres les dents. Ton courage m'éblouit. Rictus, opiacés, chimio, radiothérapie. Vieil oiseau déplumé qui jacasses jusque tard dans la nuit sitôt que tu as un public. On se ressemble à présent. J'ai été vieux avant toi. Tu m'as rattrapé.
Mon vieux.

Je conduis ton auto. Tu en as changé. Une tous les dix ans. Silencieuse. On entend le silence.
Tu as pris place à côté de moi.
La place du mort.
Nous parlons sans nous regarder.
Chacun de nos mots nous touche.
Je te demande si tu te souviens de la première

fois, toi et moi, je dis « Maurice », je n'ai jamais dit « papa ».

— Tu m'avais ausculté.

— C'est possible.

— Pourquoi ?

— Je voulais voir si tu étais mal fichu comme moi.

— Mal fichu ?

— Voir si tu avais les jambes marocaines.

— Qu'est-ce que c'est, des jambes marocaines ?

— On a beau faire du sport, elles restent comme des baguettes. Les mollets ne deviennent pas ronds et galbés comme ceux des Français.

— Alors j'avais les jambes marocaines ?

— Nous avons les mêmes. Et puis…

— Quoi ?

— Ce jour-là, à la clinique, on t'avait fait entrer dans la mauvaise salle d'attente.

— On a failli se manquer encore…

— Oui. Dans la mienne il y avait un jeune garçon attardé qui pouvait avoir ton âge. La bouche de travers, il bavait. J'ai eu peur que ce soit toi.

— Un débile… Tu t'attendais à quoi, à qui ?

— Quand j'ai quitté Bordeaux où tu vivais avec ta mère, j'ai demandé à un ami étudiant en médecine de prendre de tes nouvelles. Il te voyait grandir de loin. J'étais parti pour Nancy étudier la gynécologie. Un jour il m'a dit que tu étais grassouillet.

— Grassouillet ?

Je déteste ce mot, qui me fait penser à Richard Anthony.

Comme le mot « gènes ». Je le déteste. Après l'auscultation tu m'avais dit : cette ressemblance, cette façon de parler, un léger zézaiement, et puis l'intelligence — je n'étais pas attardé mental —, tout ça c'est mes gènes. Ce mot m'avait révolté.

— J'ai été maladroit, dis-tu.

— Je l'ai été aussi. Nous avons toi et moi la maladie de la maladresse. N'en parlons plus.

— Maintenant j'ai fait la paix avec toi. Je peux aller tranquille.

Tu as, dessiné sur le visage, ton sourire étiré, énigmatique, très doux, un peu lointain, comme sur la première photo, minuscule, que j'ai vue de toi. Ton mal est rangé parmi les maladies orphelines. Il s'appelle chordom. J'entends « corps d'homme ».

Tu reprends d'un souffle :

— À peine je t'ai vu à la clinique, j'ai reconnu un visage familier.

Je ne me sens plus orphelin.

On s'est perdus. Des années. J'ai retrouvé la ville de l'Atlantique, la voiture russe, mon père au nom de Méditerranée, ma mère et ses silences, j'ai retrouvé ton absence. J'ai compté sur mes doigts, refait mes calculs. On m'avait laissé entendre que tu étais mort à la guerre.

Quelle guerre? Celle de 39-45? Au moins quinze ans de gestation éléphantesque dans le ventre maternel? Mais comment était-ce possible, ma mère était une enfant, pendant la guerre.

Les enfants font donc des enfants?

Oui et non. Non. On m'avait dit...

La première fois, tu étais resté distant avec moi. Gentil, prévenant, distant.

Un soir tu nous avais emmenés dîner au restaurant.

Au retour, sur la banquette arrière de ton auto, ta fille s'était endormie contre moi. Ta fille. Ma sœur? J'avais senti cette chaleur, ce petit corps soudain abandonné. Ça m'avait serré la gorge, après. Que ferais-je avec ce nouveau manque?

Sur le quai de la gare, au moment de repartir, tu avais glissé dans la poche de mon imperméable un billet de 200 francs. Pour acheter *L'Équipe*. C'était beaucoup trop. Le reste, c'était pour acheter quoi?

Je me suis demandé.

Je suis rentré chez moi. Mes parents m'attendaient. Mes amis. Le port. La mer. Le môle d'escales. C'est beau un môle d'escales, surtout la nuit, avec les quais éclairés d'une lueur de magnésium, les grumes d'Afrique, les pétroliers surgis d'on ne sait où, comme toi, comme moi.

4

Tu nages dans la Méditerranée. C'est l'Espagne, l'été dernier. Ta maison de vacances est près de l'eau. Tu grimpes sur un méchant tricycle. Je ne sais pas comment tu tiens là-dessus. Tu me dis que tu es beaucoup tombé, au début. Maintenant tu as l'habitude. Tu traverses le Paseo marítimo, avances sur les planches jusqu'à la mer. Je te tiens par les épaules. Tes jambes fines et bronzées. Tes jambes marocaines. On parle de cimenter une de tes vertèbres, de crainte qu'elle ne se brise et blesse la moelle épinière. Le ciel est bleu, l'eau est claire, tout est calme. Tu te baignes avec un tee-shirt noir, une casquette à visière sur ton crâne lisse, un bermuda ample. Tu oublies ta douleur, ta jambe qui tire. Le bistouri a trop prélevé dans le muscle de la cuisse lors d'une ancienne réparation. Tu nages. Tu n'as plus d'âge. Tu disparais dans le cristal. L'eau se ride à peine sur ton passage. La bouée jaune, au loin, surmontée d'un cormoran. Tu aimerais aller jusque là-bas.

Au début de ta maladie, il y a dix ans, ton docteur a cru à une sciatique. Tu avais toujours mal, mais tu ne disais rien. La radio a fini par déceler une tumeur grosse comme un pamplemousse. Tu ne comptes plus, depuis, les opérations, les rayons. Il te fallait me retrouver. Conclure la paix. Difficile quand il n'y a pas eu de guerre. Juste le silence, des murmures, un secret.

Tu es resté plusieurs mois allongé. Par la fenêtre de l'hôpital tu voyais le ciel. Tu ne crois pas au ciel, sauf au ciel bleu. Dieu, rien du tout. Dire que tes parents te voulaient rabbin, tu parlais si bien l'hébreu, le traduisais si facilement en arabe. Mais Dieu a pris ta sœur aînée, Anna-Annette, à dix-sept ans, alors Dieu... Tu es devenu l'aîné par accident.

Je me demande si je ne suis pas ta maladie. Quelque chose qui a surgi en traître, par-derrière, un coup dans le dos.

Ce matin, il fait chaud, c'est août en Espagne, la Costa Brava. Avant tu avais un havre en Andalousie. Tout en bas. Sur les lèvres de l'Espagne qui effleurent le rocher de Gibraltar. À Estepona.

Tu étais le guetteur d'Estepona.

— Par temps clair, dis-tu, je voyais le Maroc. Je voyais mon passé.

Et dans les villes andalouses, tu retrouvais la

médina de Fès (j'entends bien Fès), ton mellah, le quartier juif.

Dans ta cuisine une grande photo encadrée, c'est la vieille ville avec, fichée en son cœur, dressée vers le ciel, la Karaouine, la grande école coranique. Tu me dis que son nom est attaché au pays de mon père Michel, un dérivé de Kairouan.

En réalité tu n'apercevais pas le Maroc plus de deux fois dans l'année. Le reste du temps c'était un mirage.

5

— Je ne te dérange pas?

— Maintenant que tu es là…

J'ai vingt ans, à Paris. J'ai vingt-trois, vingt-quatre ans.

Le bel âge, la belle ville, la belle vie, on dit ça.

Ça commence.

Sans toi.

Tu as trouvé l'adresse du journal financier où je débute, rue de Richelieu. Tu as réussi à pousser les portes jusqu'à mon bureau. Tu ne m'avais pas prévenu de ta visite. Nous ne nous sommes plus revus depuis mes dix-sept ans, l'auscultation.

C'est la fin de la matinée.

Le journal vient de boucler.

Chaque jour je boucle une boucle.

J'aime ce mot, « journaliste ». Il contient en entier le mot « jour ».

Une expression sauvage : « Toi, tu la boucles. »

Tu restes debout.

Je ne te propose pas de chaise.

Tu as l'air intimidé. Tu souris pourtant.

Chaque année, au printemps, tu viens à Paris apprendre de nouvelles techniques opératoires. Tu es assoiffé de savoir. Tu connais toutes les pratiques. Tu es « à la page ».

Certains après-midi tu vas voir les matches à Roland-Garros.

Connors, Borg, Gerulaitis, Chris Evert.

— Maintenant que tu es là…

Nous sortons prendre un café.

Ce n'est pas vraiment l'heure. Et je ne bois jamais de café. Ça m'emballe le cœur.

Tu es plein d'embarras.

Les mots ne te viennent pas facilement.

Je ne te viens pas en aide.

Je réponds d'un mot à tes questions.

Une syllabe, de préférence.

Cela donne :

— Tu vas bien ?

— Oui.

— Et comment va ta maman ?

— Bien. (En réalité pas si bien mais à quoi bon raconter ?)

— Tu es marié ?

— Oui.

— Des enfants ?

— Oui.

— Combien ?

— Deux.

— Garçons?

— Filles.

— Mes petites-filles alors!

Ton visage s'anime. Le mien se ferme.

Je trahis ma mère. Je trahis mon père, l'autre, avec son nom de la Méditerranée. C'est très grave, trahir.

Tu parles encore dans le silence. De tes enfants Olivier, Pierre, Carole. De ta femme. Je crois que je n'écoute pas. Je suis tout seul en face de toi et de tes souvenirs avec moi.

— Je t'ai fait ta première piqûre. Je t'ai offert ton premier jouet.

Merci pour le jouet. Pas pour la piqûre.

Je suis cruel, à ne rien dire comme ça.

Impossible de faire autrement.

Il me semble que, muet, je trahis moins.

Tu regardes ta montre. Tu vas me laisser, je dois avoir du travail?

— Oui.

On ne s'était plus parlé depuis ma première visite chez toi. Après une longue enquête auprès d'un frère de ma mère, aujourd'hui mort et suicidé lui aussi, j'avais appris ton existence, ton nom, ton métier. J'avais écrit à l'Ordre des médecins, qui avait refusé de me donner ton adresse. Écrivez-lui, m'avait-on répondu par courrier, nous transmettrons. Comme une lettre à la mer, au père, je m'étais exécuté sans trop d'illusions. Et un jour tu m'avais écrit. Je me souviens des phrases : « Si vos parents sont d'accord, je suis prêt à vous recevoir. » Vous. Personne ne m'avait vouvoyé avant, sauf peut-être quelques professeurs, au collège. Un « vous » neutre, transparent, indolore. Mais ce « vous » minuscule me coupa le souffle, il me rejetait déjà à des kilomètres, à des années-lumière. Pourrions-nous jamais nous connaître ? Je revois l'enveloppe en majesté sur la commode de l'entrée, chez mes parents, le tampon de ta clinique, ton nom étincelant, maman, la mienne, aux cent coups. Fleuve de larmes, lâcher de barrage. Je pense à ce mot dressé entre nous, « barrage ».

Après cette première visite dans le Sud, j'ai laissé le temps passer, les années. J'ai pédalé, étudié, eu mon bac, fait mon droit, des sciences politiques (ses gènes, ses gènes, ses gènes, lancinait une petite voix. Moi je suis Monsieur Sans-Gènes).

On s'est écrit deux ou trois fois. J'ai dû t'adresser la coupure de presse d'une victoire dans une course cycliste locale. Je ne me souviens de rien d'autre. Silence.

Un jour, n'y tenant plus, tu as décroché ton téléphone pour demander de mes nouvelles à mon père. Désarçonné, Michel a répondu à tes questions. Après il s'en est voulu. Il t'a trouvé gonflé d'appeler ainsi, il s'y attendait si peu. Moi aussi j'ai trouvé que tu avais du culot. Plus tard j'ai pensé que tu avais dû prendre beaucoup sur toi, ravaler ton amour-propre, pour accomplir ce geste. Je te manquais. Tu avais perdu le contact.

Je nous revois dans ce café, rue de Richelieu, à Paris.

La conversation ne s'est pas arrêtée exactement comme je l'ai dit.

Le petit procureur en moi s'est réveillé.

— Mais alors tu m'as abandonné?

Quel insolent je suis.

Il paraît que c'est l'âge.

Vingt ans et des poussières.

Surtout des poussières qui me font larmoyer en permanence.

De terribles crises de conjonctivite. Je dois m'isoler dans le noir, un gant d'eau tiède sur les yeux. L'air groggy d'un boxeur compté dix. Je reparlerai de boxe. Pour l'instant c'est sur toi que je tape. Donc, tu m'as abandonné?

— Non, réponds-tu de ta voix douce, crânement, condamné d'avance. La famille de ta maman n'a pas voulu de moi. Juif, étranger, c'était inconcevable, en France, au début des années soixante.

Tu ne me convaincs pas.

Tu aimerais tellement, pourtant.

Tu devines qu'il faudra du temps, beaucoup de temps, toute la vie peut-être.

— Ta grand-mère m'a reçu à Bordeaux. Elle travaillait dans une institution religieuse. Elle était très austère. Elle avait l'air malheureux. Elle élevait seule ses quatre enfants. Elle a été très gentille avec moi. Et très gentiment elle m'a dit que non, ce ne serait pas possible, ta mère et moi, vous vous rendez compte, un Juif… Il faudrait que je me convertisse. Sa fille était mineure. C'était un assez grand malheur déjà, cet enfant. On en ferait un curé, plus tard.

— Et tes parents?

— Ils voulaient que ta mère se convertisse au judaïsme. Qu'on vienne vivre au Maroc.

— Mais si tu avais vraiment aimé maman, tu l'aurais prise avec toi…

— Elle avait dix-sept ans.

— Mon âge quand je t'ai vu pour la première fois.

Tes yeux se plissent. Je te fais revivre un moment douloureux. Je laisse le silence s'installer au milieu des mots. C'est toi qui finis par le rompre d'une voix étranglée.

— J'étais un étranger. Je crevais de faim à Bordeaux. Le consulat du Maroc me versait une bourse de mérite misérable, qui disparaissait dans le loyer d'une chambre de bonne. J'aidais mon frère, qui se préparait au rabbinat à Aix-en-Provence. Il m'écrivait : « Maurice, mes souliers prennent l'eau. J'ai beau glisser du carton dedans. » Je lui envoyais un mandat et…

— Et à moi?

La question t'a stoppé net.

— Ta mère ne voulait rien. Elle était sous la

coupe de la sienne. Elle voulait m'oublier. C'était bien normal. Il fallait qu'elle se reconstruise. Un jour je l'ai croisée par hasard dans une rue de Bordeaux. Elle rejoignait des amis à la terrasse d'un café. Elle m'a ignoré. Je l'embarrassais avec ma présence et mes questions sur toi. Elle m'a dit que tu allais bien, c'est tout. J'ai compris que ma place n'était plus à Bordeaux. Je ne lui en ai pas voulu. Elle devait se protéger, vivre sa vie. La mort dans l'âme je suis parti continuer mes études à Nancy. C'est à ce moment que j'ai choisi la gynécologie.

— Pourquoi?

— Je ne sais pas. Pour comprendre les femmes, les enfants, être plus près.

— Tu as pensé à moi, à nous?

— Je n'ai pensé qu'à vous. Ce n'était pas le moment. J'ai proposé de l'aide. J'ai proposé à ta mère qu'on se marie à sa majorité. Je n'ai pas eu de réponse.

— Ta femme, c'est une Juive?

— Non, une Française que j'ai connue plus tard au Maroc.

— Elle est devenue juive?

— Elle s'est convertie. Sans jamais pratiquer.

— Mais si tu avais vraiment aimé maman…

On n'a guère avancé.

Je ne suis pas très aidant.

— Au revoir?

Tu me tends ta main et ta joue en même temps.

Je prends ta main sans vraiment la serrer.

Une main lâche.

Lâche cette main, dit une voix à l'intérieur.

Je lâche.

L'idée me saisit violemment : ne jamais rien accepter de toi. J'ai une tonne de « jamais » pour décourager chacun de tes élans. Je ne me connaissais pas cette férocité.

— Au revoir?

C'est une question que tu me poses.

J'ai vingt ans et des poussières.

Le bel âge. L'âge cruel.

Je suis intransigeant, pas très intelligent.

6

La mer.

Tu te souviens? Tu nageais vite, autrefois. J'aurais aimé me mesurer à toi. C'était l'hiver. Tu voulais de toutes tes forces remporter la coupe de Noël. Un sprint de cinquante mètres. Chaque matin tu plongeais frigorifié dans l'oued Fès. L'eau était glaciale. Mais tu voulais gagner. Têtu de Fassi. Têtu et orgueilleux. Plus tard, est venu un Français de Toulon au nom stendhalien, Sorel. Il t'a écrasé. Il vous a tous écrasés. Au championnat du Maroc, il a battu tous les favoris et ce Casablancais sur qui étaient braquées les caméras de la télévision nationale, tu n'as pas oublié.

De grands paquebots funambulent sur la ligne tendue de l'horizon.

— Quand tu es venu à dix-sept ans, j'aurais voulu te garder.

Un court silence.

Et puis :

— Mais ce n'était pas possible. Ton père était

si fort en toi, si formidable. Tu étais vraiment à lui. J'ai compris qu'il ne fallait même pas essayer.

— C'est vrai. Il m'avait reconnu. Je portais son nom. Son nom me portait.

— Dire que nous venions du même soleil.

Tu as avancé le menton vers le large. Maurice du Maroc, Michel de Tunisie avant l'exil vers la France, l'Atlantique, cette eau froide et agitée.

— C'était difficile pour moi de t'adopter. (C'est moi qui parle, moi ton fils. Mais tu aurais pu prononcer les mêmes mots.) C'était difficile. Toujours ce sentiment de trahir. Même penser à toi c'était trahir.

— Et maintenant ? demande Maurice.

Ta voix est faible. Il faut tendre l'oreille mais j'ai bien entendu.

— La vie a passé. Ce n'est plus pareil. Et Michel est mort.

— Il m'a laissé la place...

— Non, c'est moi qui te la donne. Une autre place. Pas la même. Il est toujours là avec sa tête d'Arabe et son cœur immense.

— Quand j'étais gosse on me prenait pour un Français. J'étais fier. La bibliothécaire me prêtait les livres de la collection verte. J'ai lu tout Jack London. Je lisais très vite.

— Mon père ne lisait rien.

— Il avait raison.

Sur la plage courent mes enfants, tes petits-enfants, le soleil qui allonge nos silhouettes. Au-dessus du sable ridé nos ombres se dédoublent, deux têtes rondes au bout de corps interminables et don-quichottesques, des olives au bout de leur pique. Ta tête toute blanche se change en une ombre toute noire. On en sourit ensemble. Tu essaies de retrouver ce vers ancien : l'ombre est toujours sombre, même quand elle tombe d'un cygne.

Ton sourire d'enfant sage et espiègle à la fois.

— Comme la vie passe vite. Dans ma tête j'ai encore quinze ans. Je me revois…

Tu demandes ta canne.

La mer encore. Ton rêve de Maroc, encore. Y retourner une fois.

C'est le milieu de l'été, en Espagne.

Tu échafaudes un itinéraire.

Descendre en auto par étapes jusqu'à Algésiras. De courtes étapes.

Traverser le détroit en bateau.

Arriver à Tanger. Tu as laissé là une partie de ta jeunesse.

L'avion t'est interdit. Un atterrissage un peu brusque te briserait net la vertèbre fragile qui menace ta colonne. Tu risquerais la paralysie immédiate. Ça non, plutôt mourir, répètes-tu. Ne jamais devenir un légume. Et tu ne te résoudrais pas à en finir par toi-même. « Je n'aurais pas le courage de ton père », murmures-tu.

Tu fermes les yeux et repasses en silence le trajet jusqu'à Tanger.

Tu regrettes ta maison d'Estepona. La Costa

del Sol, la vue sur le rocher de Gibraltar qui brillait tel un diamant. La vue sur les côtes de ton pays, sur la gauche. Tu donnais sur le grand ciel. Ta maison dominait l'espace infini. Une échelle de coupée t'amenait au sable d'une plage isolée. À l'eau transparente.

C'est fini.

Maison vendue pour te rapprocher de la France, de ses hôpitaux, des rayons projetés par des soleils qui tuent autant qu'ils sauvent. À Cambrils, non loin de Barcelone, tu as perdu de vue le Maroc, gardé l'eau, la chaleur, la lumière.

Tu veux savoir si tu m'as manqué.

— Oui. Quand tu étais un mystère, une ombre, une absence. Après, quand je t'ai vu, quand j'ai vu ton visage, tes traits, quand j'ai entendu ta voix, ce n'était plus pareil. J'ai arrêté les soustractions.

Tes sourcils se sont baissés.

— Quelles soustractions?

— Avant de te connaître je me plantais souvent devant une glace, dans ma chambre. Je repérais ce qui appartenait à maman. Les joues pleines, le front haut, la forme arrondie du visage. J'enlevais tout ça et j'essayais de trouver sur ma figure ce qui pouvait provenir de la tienne. Je cherchais ton reflet.

— Je ne t'ai plus manqué?

— Quand je suis venu te voir à dix-sept ans, j'étais obsédé par ton existence. Après, je t'avais vu, ça me suffisait. Ma vie était ailleurs, mes attaches aussi. Parfois on meurt de soif, on croit qu'on boira des litres et des litres, puis un verre d'eau suffit.

Tu souris. Je comprends que pour toi c'est le contraire. Avant de me rencontrer tu pouvais vivre sans ma présence, même si la blessure te lançait à bas bruit. Tu m'avoues qu'à peine je suis reparti, tu n'as eu de cesse de me retrouver. Nos temps se sont soudain désaccordés. Tu ne me manquais plus. C'est moi qui suis devenu l'absent. L'obsession a changé de camp. J'ai cru que je pouvais t'oublier sans dommage. L'existence a filé, je suis devenu un gentil monstre d'indifférence, je t'ai renvoyé ton silence. Rendez-vous manqués, sentiments masqués, nos temps parallèles ont failli ne plus se rencontrer.

Je te regarde. Je me dis que je ne t'ai jamais souhaité ton anniversaire. Je n'en connais ni le jour, ni le mois, ni l'année. Je ne sais même pas comment s'appelaient tes parents. Au fond je ne sais rien. Ni de toi ni des tiens. Comment pourrais-je être sûr de moi ?

J'avais seize ans quand je me suis inscrit à la boxe. Pour m'endurcir. Ou pour autre chose. J'avais envie de m'en mettre une. De me démolir le portrait, casser ce visage à moitié inconnu. J'ai commencé à boxer à l'âge où ma mère t'a rencontré. Tu ne vois pas le rapport. Il n'y en a aucun. J'ai dû penser que c'était le bon âge pour apprendre à se défendre. Je ne suis pas sûr d'avoir pensé quelque chose. Donner des coups. Les rendre. L'entraîneur ne payait pas de mine. Un petit gueulard. Les cours se passaient dans une salle du quartier de l'Arsenal, à La Rochelle. On trouvait des dockers, des jeunes des chantiers navals, des apprentis. À la fin des séances, pour faire ami-ami, le coach s'avançait vers nous en rigolant avec son bide enveloppé et ses abdominaux d'acier. Allez, les mômes, qui commence ? nous lançait-il en guise de défi. On lui envoyait des coups dans l'estomac, ça le faisait rigoler, il ne bougeait même pas sur ses jambes. C'était ça son amitié, lui taper sur le ventre.

On travaillait pas mal au sac et aussi à la glace pour corriger les mouvements, arrondir son style, coup droit, coup gauche, uppercut. Dans le miroir, après les soustractions, je voyais ce qui t'appartenait : les pommettes, le nez effilé, le menton légèrement avancé. Je visais là. Je te cassais la gueule en m'ajustant avec les poings. Je te démolissais le portrait. C'est bien, la boxe, quand tu as un peu de rage, même si tu ne sais pas vraiment d'où elle vient. Un jour le coup est parti, poing serré, sans gant. Le miroir a explosé, ma main s'est changée en torche. Tu étais K.-O. par terre, en mille morceaux. Ce n'était pas grave. Face à toi, à toi en moi, j'étais une petite frappe. Je n'ai plus jamais boxé, après. J'ai eu peur de te détruire pour de bon.

Le lendemain nous sommes ensemble au café rouge sur le Paseo marítimo de Cambrils. Tu n'as pas dormi. Tu es très pâle. Des cernes mauves bordent tes yeux. Derrière tes paupières glisse ton rêve de Maroc. Si tu pouvais, si ton corps acceptait, tu n'irais pas dans le Fès de ton enfance pauvre, ni dans le Rabat des réceptions mondaines où l'on fêtait le brillant accoucheur à la main sûre qui donnait sans trembler la vie à des milliers de vies. Non, si tu pouvais, tu retrouverais la trace de tes débuts. La maternité que vous appeliez La Maréchale Lyautey, dans le centreville. Quatre années d'internat. De belles années. De beaux bébés. De beaux gestes appris jour et nuit. Déjà tu dormais rarement plus de trois heures de rang, la vie te tendait les bras, toutes ces vies, ce bonheur intense quand l'air dépliait l'enveloppe de petits poumons tout neufs, cris de stupeur et de joie mêlées, ta drogue quotidienne. Les infirmières-majors étaient des franciscaines. Elles t'adoraient. Tu étais beau garçon, œil sombre et un peu fendu, sourire angélique, douceur de la voix accordée à la douceur des gestes. Tu inspirais confiance avec ce nom, docteur Maman. Les femmes venaient de loin pour que tu les accouches. Elles te voulaient toi, exigeaient, tempêtaient. Se pressaient dans leur sillage des maris méfiants. À Rabat ton existence se limitait à un mouchoir de poche : la « mat », la fac (à cent mètres), la terrasse du Balima (à deux cent cinquante mètres) pour le café.

Plus tard, la guerre des Six-Jours a éclaté. Jeté dehors, le bel et bon docteur Maman, licencié. Au motif que tu étais juif. Souvent, après ce malheur, ta 2 CV te ramenait sur les lieux où tu avais été si profondément heureux, si pleinement utile. Conduite automatique, inconsciente.

Si tu revenais, tu retrouverais les yeux fermés le chemin des Oudayas, le café maure où on te servait le thé à cinq heures du soir. Un vieil homme t'offrait un grand verre brûlant rempli à ras bord de feuilles de menthe. Ensuite il repassait avec son immense plateau garni de gâteaux plus alléchants les uns que les autres. Tu choisissais chaque fois une corne de gazelle. Tu as encore sur les lèvres la sensation légère du sucre glace mélangé au goût poivré de la menthe fraîche. Si tu revenais, tu te perdrais dans la contemplation de l'océan et des eaux fracassées du Bou Regreg dégringolant du Moyen Atlas jusqu'à l'Atlantique.

Si c'était comme aujourd'hui un dimanche, si c'était décembre, tu sortirais de la ville pour gagner la terrasse de Marius. Tu commanderais des fruits de mer, quatorze petits plats. Tu somnolerais au soleil d'hiver.

D'ailleurs tu t'es assoupi. De petits vaisseaux bleutés sillonnent tes paupières. L'eau du Bou Regreg. Maintenant la mort est une constellation dans ton dos. Une hydre aux têtes qui repoussent une fois coupées. Qui repoussent vite ou moins vite, elles n'en font qu'à leur tête et toi tu gardes la tienne en alerte, vigilance totale, tout pour la lutte. Le dur métier de durer... Nous avons des milliers de phrases en retard. Des milliers de mots. Aurons-nous le temps de tout dire? Le sablier est presque à la fin. Le sable du Maroc entier l'a traversé. Ouvre les yeux, Maurice, continuons. Tu irais où, si je t'emmenais là-bas? Je voudrais qu'aujourd'hui reste aujourd'hui. Demain n'a pas d'avenir. Pour toi aussi est venue l'heure des grandes soustractions.

7

J'ai vingt ans, trente ans, quarante ans.

J'ai tout mon temps.

J'ai un enfant, deux enfants, trois enfants, quatre enfants. Alexandra, dite Zouzou, Elsa, Constance, Zoé.

J'écris un livre puis un autre, des romans.

Tu n'as jamais le beau rôle, dans mes romans.

Au mieux un absent.

Au pire une chiffe molle dépassée par les événements.

Pis encore, un homme irresponsable et cynique.

Les années passent, des jours, des nuits.

Des heures, des soupirs.

Et aucune nouvelle de moi.

Je ne donne aucune nouvelle.

C'est indolore. Je ne sens rien.

C'est facile d'être injuste.

Si la pensée de toi me traverse, je la chasse.

J'ai mille bonnes raisons.

Je suis un bon chasseur.

Je vise juste.

Pas de photo de mes enfants.

Aucune annonce de leur naissance.

Une idée simple m'envahit chaque fois qu'une nouvelle petite tête paraît : jamais je ne la laisserai grandir loin de moi.

Tes courriers, je n'y réponds pas.

Et si d'aventure une rencontre est enfin possible,

Je laisse ensuite retomber le silence.

Je m'empresse de ne plus répondre.

C'est facile d'être injuste.

Surtout face à toi qui ne veux pas te défendre.

Qui ne te défendras pas.

On dirait que tu attends mes coups.

Comme si tu les méritais.

Tu es submergé d'être coupable.

Tu n'as rien fait de mal pourtant.

Tu as fait comme tu as pu et tu ne pouvais rien.

Tu as aimé. Les dieux s'en sont mêlés.

Le dieu des catholiques, le dieu des Juifs.

Ta peau marocaine.

Tu étais l'étranger.

La première fois on s'est serré la main.

J'ai oublié la première accolade.

Furtive et sèche. Comme à regret.

J'ai l'impression que je peux tout me permettre avec toi.

Tu encaisseras sans broncher.

Ma froideur te fait perdre tes moyens, à toi le grand docteur.

Tu tombes dans un gouffre et je ne lève pas le petit doigt.

Ton malaise ne me fait ni chaud ni froid.

Je suis un bloc de glace. Et je n'ai pas honte.

Ça viendra, ne t'en fais pas.

Ça viendra.

Comme notre ressemblance.

Pour l'instant, dans cette jeunesse suspendue, je me fais les griffes sur toi, qui ne réagis pas. Je te tue en silence. Tu as eu bien raison de venir. Sinon je n'aurais eu à tuer que le temps perdu.

Il paraît que dans les veines le sang est bleu.

C'est quand il entre au contact de l'air qu'il devient rouge.

Bleu à l'intérieur, c'est la Méditerranée qui coule en moi.

Je l'ai traversée souvent.

J'ignorais qu'elle m'avait d'abord traversé, qu'elle m'avait coupé en deux, coupé de toi, nous à Nice et toi à Rabat, et une mer si peu maternelle qui nous éloignait. Pour moi cette mer sera toujours le mur de notre séparation. Le couteau qui éventre. Qui trace dans la chair fragile du cou le grand sourire des égorgeurs.

Une scène hante mon souvenir.

Tu es venu à Paris.

Tu portes au poignet, fines attaches comme moi,

Une belle montre à bracelet métallique, cadran sang-de-pigeon.

Dans le feu de la conversation, l'air de rien, Tu l'as ôtée, me l'as tendue.

« Pour toi », dis-tu.

Ton temps va-t-il désormais courir à mon bras, se mélanger au mien ?

Poli j'ai dit merci.

Idiot j'ai pensé, saisissant du bout des doigts ta Cartier : « Pas de quartier. »

Je ne sais même plus où elle est passée.

L'ai-je jetée, ou donnée ?

À dix ans je t'aurais accueilli en sauveur.

À dix-sept ans je t'ai pris pour un menteur.

Mon enfance t'aurait adulé.

Mon adolescence t'a condamné.

J'ai atteint tard l'âge de raison.

Plus tard encore celui du cœur.

8

Le soleil est tombé d'un coup. C'est l'été espagnol. Il te manque la rumeur de la médina, le parfum des oranges amères. Je suis face à toi. Je suis face à moi. Je te regarde et je me vois. Je t'écoute et je m'entends. La même voix qui se perche dans les aigus. Le même sifflement des *s* quand la langue jamais domestiquée bute contre les dents du haut. Je te regarde comme dans un miroir à peine déformant. Entre nous se dessine un chemin.

Je me suis réfugié si longtemps derrière le rideau des jours. Et maintenant il se déchire pareil à la brume au large d'Estepona, quand tu veillais tôt le matin face à la mer, attendant qu'enfin le soleil éclaire Gibraltar. D'abord tu distinguais seulement les loupiotes des chalutiers. Puis le rocher se mettait à étinceler. Est-ce vraiment le Maroc que tu pleures? Ou ton corps jeune et souple d'antan?

Dans mon enfance le Maroc n'existait pas. Sauf à la craie blanche sur les ardoises des maraîchers, aux étals des Capucins, à Bordeaux. À force, d'une semaine à l'autre, le nom s'effaçait un peu. Vers Noël surgissaient des montagnes de mandarines à la peau lustrée. Maroc. Ma grand-mère n'en achetait jamais. « Trop cher », elle disait. Ou elle ne disait rien, passait devant en les ignorant. Pensait-elle à toi ? Méprisait-elle exprès ces merveilles de ton pays ? Comment savoir aujourd'hui ? Son porte-monnaie était léger, son pas rapide, peut-être n'avait-elle rien vu. Je chipais de minuscules étiquettes autocollantes avec dessus marqué « Maroc » et je les collais sur le dos de ma main. Je me souviens de ce mot tatoué sur ma peau, « Maroc », et personne pour me dire que j'étais aussi un fruit de là-bas. Maroc, ça commençait comme un possessif très doux et terminait sur le dur du rocher. Ma-roc. Je ne connaissais pas le goût des mandarines. Jusqu'au jour où une marchande m'en avait tendu un quartier. L'acidité m'a d'abord fait grimacer puis aussitôt, ma dent crevant la fine membrane, j'ai senti le sucre du soleil, le jus gorgé de lumière. Le souvenir m'a duré longtemps, toute la vie, jusqu'à maintenant. Le goût du Maroc, suave et qui fait pleurer en même temps.

Tu m'écoutes. Ton œil brille. Ton sourire n'est plus qu'une cicatrice sur ton visage creusé. Tu penses aux fêtes juives de ton enfance. Le soir de la Mimouna qui marquait la fin des fêtes de la Pâque, tu déambulais dans le mellah de Fès, d'une douceur à l'autre, fruits, gâteaux, dattes des oasis, la tête farcie de rires et d'hébreu. Tu étais un enfant joueur, tu vivais dans la ville européenne, au troisième étage d'un immeuble construit par un Juif (tu me donnes cette précision comme si c'était important, alors je la mentionne. Je suis le greffier, je respecte la procédure, et dans « procédure » il y a « dure ». Durer, n'en parler jamais, y penser toujours). Tu n'avais pas de jardin. Ton jardin c'était la rue. Tu as appris à courir vite. Au retour de la synagogue, dans le mellah, toi et tes amis étiez coursés par les petits Arabes qui voulaient vous faire entrer la Torah par le nez. Quand tu te rendais chez toi, dans la ville européenne, tu devais à nouveau piquer un sprint pour échapper aux poursuites menaçantes des jeunes Juifs du mellah qui vous tenaient pour des traîtres à la cause.

Mais tu étais heureux. Pauvre et heureux. Quel scandale, ce temps qui a filé, cette vertèbre qui pourrait s'effondrer comme une poutre vermoulue. Loin du Maroc, ton atlas s'affaisse, là, dans ton cou, que ta vie entière tu as tenu droit. Un homme peut-il s'écrouler ?

Tu me parles de mes livres d'avant, quand on ne se voyait pas. Dans *Rochelle* je te fais payer un mot maladroit. Je suis né d'un rapport larvé. Tu m'avais dit ça, la première fois. De larvé à larve, il n'y avait qu'un accent à enlever. Je l'ai ôté sans hésiter. Tu me prenais pour une larve. Sans doute as-tu voulu m'écrire. Je laissais entendre qu'il n'y avait pas eu d'amour. Juste un flirt un peu poussé. J'ai sali sans savoir. Ça t'a fait du mal sans me faire du bien. Plus tard dans *Korsakov*, je t'ai affublé d'un autre prénom, Alexandre, mais j'ai laissé ton nom, Maman. Je me suis surpassé. J'ai imaginé ma conception à la va-vite sur la banquette arrière d'une voiture. De l'obscurité des origines j'ai fait une obscénité. Un acte dénué de sentiments. Un soir dans un mail tu m'as écrit : « J'ai relu *Korsakov*. Ton Alexandre Maman n'est pas très sympathique. » Tu avais raison. Tu as eu la délicatesse de ne pas réagir, ni de réclamer réparation, ni de protester par écrit. Je sais que tu as rédigé pour moi une lettre, un long rectificatif, mais tu as renoncé à me l'envoyer, estimant que j'avais écrit un roman, que j'avais bien le droit de relater notre histoire comme je l'entendais, puisque après tout personne ne me l'avait jamais racontée. Depuis, quand on se voit, tu me répètes souvent les mêmes choses, avec les mêmes détails, non que tu radotes, mais comme si c'était chaque fois entre nous la première fois et qu'il fallait tout reprendre de zéro. Elles ont dû être brutales pour toi et pour ma mère, ces attaques de la fiction destinées à débusquer le réel : voilà ce qu'il advient des secrets trop longtemps étouffés qui surgissent tels des diables de leur boîte.

Dans ces périodes j'ai donné des entretiens avantageux, mis en scène une certaine souffrance. J'espère que Paulette et tes proches ont soustrait ces articles à ton regard. Chaque fois que ma vie était un échec — et elle le fut souvent : mariages dévastés, enfants éparpillés —, je cherchais un responsable. Je n'avais pas à courir très loin. Le responsable c'était toi. Tes gènes. Mes manques et tes manquements. Tes jambes sur baguettes. Mon souffle au cœur, j'allais l'oublier celui-là, deux coups francs et un foireux. Le foireux venait de toi. Tous ces jours, ces milliers de jours, je t'ai laissé sans un mot d'explication, pris dans mon mutisme comme un oiseau dans la glu.

Longtemps il a fallu que je te fasse mal. Il me suffisait de ne rien faire. S'il était question de moi quelque part, je voulais que tu te cognes à cette impossibilité de dire : « C'est mon fils. » Pas plus à tes voisins qu'à ton boulanger ou ta libraire. Cette punition, était-ce là ta vieille peur de Juif ? Ne jamais te faire remarquer, ne jamais hausser le ton, courber les épaules. Endurer en silence.

Si d'aventure un de mes livres ne rouvrait pas nos plaies, et si l'histoire te plaisait, tu me le signalais en osant timidement ce regret : tu aurais aimé que je porte ton nom. Moi je fermais la porte à pareille audace et je ne donnais plus signe de vie des années durant, des années. Même si, t'étant ravisé aussitôt ton vœu exprimé, tu me disais que porter un nom juif pourrait me nuire. Le mal était fait, je m'effaçais, plutôt je t'effaçais. Et cette peur qui t'a longtemps paralysé, cette peur que je coupe les ponts, s'alimentait jours de silence après jours d'absence.

Parfois, imprévisible caprice, je t'envoyais un signe, auquel tu te raccrochais follement. Au téléphone ta voix remplie d'émotion tremblait telle une vieille guimbarde. Tu prenais des nouvelles de ma santé, de mes filles, combien déjà, les mots se bousculaient, tu me félicitais de tout et de rien : quel âge, tes filles, et leurs prénoms, et je vais leur envoyer un cadeau. Je proférais un merci du bout des lèvres. Tu pourrais t'estimer heureux si je le leur donnais. Tu ne laissais percer aucune rancœur, aucune colère, tout à la joie d'entendre ma voix comme un écho de la tienne. Tout se mélangeait, tu me disais en vrac avoir horreur de la course à pied et des langues étrangères, raffoler des chapeaux, casquettes, chapkas et panamas, vouloir apprendre le piano, la danse et, que sais-je, avoir rêvé de devenir chanteur populaire... Une petite voix que je ne voulais pas écouter me répétait : « Comme toi, comme toi, comme toi. » Tu m'inondais de questions, me rappelais que la vie passait vite et curieusement raccrochais le premier en t'excusant d'avoir abusé de mon temps, mettant fin à la conversation avant que je ne le fasse. J'avais arrêté de boxer pourtant je te mettais K.-O. à tous les coups.

9

Comme chaque fois que je viens chez toi tu me demandes ce que j'aimerais emporter. Un plateau marocain, un tableau du peintre Max Savy? Tu insistes : « Ne te gêne pas, quand je viendrai dans ta maison j'aurai plaisir à revoir des objets que je connais. » Je suis toujours réticent, j'ai l'impression que tu m'encourages à te dépouiller vivant. Et ta femme, et tes enfants à qui tout cela revient? Je n'ai pas l'âme d'un héritier. Tu me presses : « Choisis je te dis, c'est mon plaisir, prends. » Tu voudrais que j'emporte une représentation du quai Conti avec le dôme de l'Académie. Tu me verrais bien endosser l'habit vert, toi le Juif venu du désert qui rêva tant de la France. Mais je répugne à décrocher le moindre tableau de tes murs et suis encore moins prêt à l'immortalité.

Je me souviens combien j'étais intimidé à dix-sept ans dans cette vaste maison de plain-pied où tu m'as accueilli plusieurs fois depuis. Tout me paraissait si grand et si lumineux. Le séjour, la mezzanine — jamais je n'avais entendu ce mot —, le salon marocain en contrebas, avec la cheminée qu'entouraient d'immenses canapés profonds rehaussés de coussins moelleux. Ces tapis d'Orient, ces cuivres, ces lampes de là-bas finement étoilées d'une dentelle de métal, ces tableaux de fantasias qui parlaient d'un ailleurs, d'autres lieux et d'autres temps. Tu possédais l'œuvre complète de l'écrivain Albert Cohen dont j'ignorais alors jusqu'à l'existence. Il n'était pas un oncle ou un cousin de ta famille qui n'évoquât à tes yeux la fantaisie délirante des Valeureux, de Mangeclous, Mattathias, Michaël, Salomon et tous les aïeux de Céphalonie. À l'époque cela me passait bien au-dessus de la tête. Si je me suis longtemps privé de *Belle du Seigneur*, ce fut par une réaction puérile à l'enthousiasme que tu avais manifesté pour son auteur. Je décidai de me tenir à l'écart de ces ouvrages, devinant un de ces stratagèmes dont tu chargeais quelques objets — plateaux, tableaux et livres — pour m'attirer à toi.

C'est dans cette fosse près de la cheminée, un douillet salon d'hiver qui devait te rappeler Fès ou Rabat, que je découvris les premières vraies photos de ta jeunesse. Celles de ton mariage avec Paulette. L'un et l'autre vous étiez magnifiques. Tu avais le cheveu ras et noir planté dru au-dessus du front, le visage plein, avec un rien de malice, cils et sourcils réguliers et sombres comme marqués d'un trait de khôl, des fossettes que je ne pourrais décrire autrement qu'en les comparant aux miennes, fines parenthèses de ton sourire. Tu respirais la santé, la jeunesse. Dans ce temps-là je devais avoir quatre ou cinq ans. Mais cinq ans à Bordeaux pendant que tu te mariais à Rabat, cela veut dire que j'étais hors jeu, hors sujet, un vieux petit garçon qui comptait pour du beurre car Olivier, ton aîné, allait venir au monde quelques mois plus tard. Au lendemain de cette naissance attendue et heureuse, une jeune femme t'avait appelé de France. Elle t'avait annoncé qu'elle était majeure et libre, qu'elle avait arraché l'enfant à la nourrice que sa propre mère avait choisie contre son gré pour l'élever loin d'elle. Elle était avec ton enfant, votre enfant. Ce n'était pas rien de téléphoner au Maroc pour dire ça. Mais le temps une fois encore était déréglé. Vous ne viviez pas dans le même fuseau horaire. Tu étais marié, tu venais d'avoir un fils. La jeune femme raccrocha. Ce fut terminé. Tu lui avais proposé de l'aide. Elle l'avait refusée, non, elle n'avait besoin de rien.

Je suis à présent dans ta maison du Sud dont j'ai appris à aimer les volumes, les espaces, le jardin, où virevolte en automne une ribambelle d'écureuils. Depuis plus de trente ans les photos n'ont pas bougé de place, pas même jauni. Vous êtes saisis dans votre jeunesse, Paulette et toi, ce fut un long amour, tu as beaucoup reçu sans jamais te donner tout à fait, toujours préoccupé par un accouchement, chiche de ton temps et de tes sentiments. Je te regarde assoupi dans ton fauteuil, je voudrais combler le vide entre ces images de vie et le masque vieilli que tu offres à la pénombre. Tu me dis ne plus sortir en ville, ou de moins en moins. Des gens qui te reconnaissent se mettent à pleurer. Il faut dire que tu as accouché toutes les femmes ou presque des quartiers alentour jusqu'aux villages les plus éloignés. Quel succès tu as connu avec ta Clinique d'Occitanie. On venait de Toulouse se faire accoucher par le docteur Maman. Trop de réussite. Trop de réputation. Trop vite. Il a fallu ternir le succès. Briser le Juif. Le faire trébucher. Cela leur a pris du temps, aux bons médecins de la grosse ville de province qui prenaient ombrage. Ils y sont parvenus. À cinquante ans tu as dû rendre les armes. On voulait t'imposer des opérés de la prostate au milieu des accouchées ? De pauvres hères avec leurs poches de sang se promenant parmi les nouveau-nés ? Jamais ! Comment aurais-tu accepté pareille hérésie ? Une faute de goût impardonnable. Tu étais un artiste de la vie. D'accord, tu avais raté avec moi ta première œuvre de jeunesse. Mais tu n'étais pas responsable. D'humiliations en provocations, tu as fini par partir. Au Maroc déjà, jusqu'à la guerre des Six-Jours qui te coûta la direction de la maternité de Rabat, quel as tu étais. Certaines huiles du royaume, de hauts gradés et des directeurs de journaux, n'hésitaient pas à te confier leur épouse, même s'ils clamaient à la radio ou sur leurs premières pages que donner de l'argent à un Juif c'était soutenir Israël, son armée et ses terroristes.

En France, tu avais fait merveille en redonnant vie à cette Clinique d'Occitanie moribonde. À ton arrivée, les salles de travail n'étaient pas éclairées, les lits restaient vides : pas une femme n'avait l'idée de venir accoucher ici. Très vite la vie l'a emporté, au point que la maternité est devenue l'activité phare devant toutes les autres spécialités. Il y avait là de quoi braquer tes collègues. Comment ? Un accoucheur étranger, et pas un bon chrétien par-dessus le marché ? Les femmes sont venues, toujours le même rituel qu'au Maroc, en compagnie de l'époux, le docteur Maman était si charmeur, et la douceur de son sourire, le gazouillis de sa voix, et ses mains comme des oiseaux...

Je te laisse dormir. La nuit s'immisce à travers la baie vitrée. Deux écureuils se poursuivent dans les branches du grand sapin.

Demain c'est promis, j'emporterai le tableau de Max Savy. Il représente un homme fourbu qui marche tête baissée sur un chemin en pente, au bord d'un champ bien peigné. C'est une lumière de fin de journée. On sent le soulagement du travail accompli, la peine du lendemain. Au dos est écrit *Le Hameau bleu*.

10

Je nous revois six mois auparavant sortant de
ta maison de Cambrils. Tu es monté sur ton
tricycle. Nous avons franchi le Paseo marítimo.
Tu as enfoncé sur ton crâne ta casquette de
golf. Tu portes sur ton nez d'aigle des lunettes
de soleil à la Paul Newman. C'est triste, un
aigle cloué au sol. Mais pas un mot. Tu as toujours préféré être craint que plaint. Derrière les
verres teintés je vois ton regard filer vers la
mer, des fois que le Maroc se serait rapproché
pendant la nuit. Tu aimes prendre tes rêves
pour la réalité. Tu verses de la joie dans chaque
seconde de ta vie. Tu n'en perdras pas une
goutte. Ton sourire prolonge le mien. Il est
encore tôt. La chaleur est supportable. Peu à
peu je comble le gouffre qui sépare les photos
de ton mariage et ton allure d'aujourd'hui.

Ce n'est pas compliqué, au fond. Il aurait
fallu y penser avant. Il suffisait d'être ensemble,
de se parler, de s'écouter, et même de ne pas se

parler, d'écouter tous les deux le silence de la mer et du ciel. Tu t'y connais en perfusions. Jour et nuit je suis branché sur tes souvenirs, que tu n'hésites pas à répéter. Cela doit te rassurer. Tu ajoutes chaque fois quelques détails, tu exagères un peu, tu enjolives à ta façon et, si tu ne m'avais seriné que tu es de Fès, je te croirais de Marseille.

Ce matin, tu remets le disque des ressemblances. Quantité de noms sortent de ta bouche, toujours aussi inconnus de moi qu'au premier jour. J'ai les pommettes et le nez Elalouf (du côté de ta mère je crois), la vivacité d'esprit aussi, le comique involontaire (merci) des Maman et d'autres oncles, frères et cousins de ton père, tous princes sans rire sortis de l'imagination d'Albert Cohen, à moins qu'ils n'aient inspiré le grand homme. Je prends sur la tête une cascade de noms, des Cohen justement, des Serfati, des Bensimon, des Samoun et des Maman en pagaille. Et puis des Esther, des Rachel, des Meriem, des Joseph et des Moïse, des Zohra et des Moshé. Je suis noyé et sauvé des eaux. En famille. Ma famille. Surgit du fond de mon enfance la couverture rouge et or des deux tomes d'Hector Malot, *Sans famille, En famille,* ouvrages caressés de mes doigts, jamais lus, sauf le passage où les enfants pleurent le singe Joli-Cœur dans son habit d'amiral. Nous parlons de Corfou et de la mythique Céphalonie. Plutôt :

tu parles, j'écoute. Soudain une grimace vite réprimée laisse dans tes yeux un éclat de frayeur. Tu souffres mais tu murmures aussitôt, tout bas comme un secret : « Ce n'est rien. » Est-ce la sueur, ou un pleur? Une goutte puis deux dévalent sur ta joue. Le soleil est monté comme une nacelle de feu. Depuis combien de temps tiens-tu la maladie en respect au bout de ton sourire armé?

Je me souviens, c'était il y a presque dix ans. On ne se voyait guère. Tu m'as écrit sur une feuille d'ordonnance à en-tête de ton ancien cabinet. Je n'ai pas été surpris de ce procédé. Tu t'es toujours adressé à moi par courrier médical avec prescription, d'une écriture si fine et si illisible que je me suis demandé si tu voulais vraiment que je comprenne ou si tu préférais me parler dans une autre langue, indéchiffrable. Cette fois, au lendemain d'une attaque cérébrale qui t'avait presque tué, tu m'enjoignais une batterie d'examens. Sang, cholestérol, cœur et j'en passe, examen du rachis (et ce mot vint se loger dans l'arbre généalogique des tiens que tu m'avais adressé peu auparavant, indiquant que tes ancêtres remontaient au grand talmudiste Rachi). Je découvris que le rachis correspondait à l'épine dorsale, encore appelée corde vertébrale. Il m'apparut que toi et moi avions beaucoup tiré sur cette corde. Ta lettre-ordonnance se terminait par ces courtes phrases soulignées d'un trait : « Prends soin de toi, je suis bien malade. Communique-moi les résultats. »

En quoi ta maladie me concernait-elle ? Ne devais-je supporter de toi que les misères du corps ? Au bout de quelques jours passés à m'énerver tout seul, j'avais fini par m'exécuter, docile comme le jour où je m'étais laissé examiner dans ton cabinet médical. J'avais accueilli d'une humeur triomphale la normalité de mes analyses : que du bon cholestérol, et rien au dos, rachis intact. La joie tourna pourtant court lorsque, de ta voix tressautant comme si tu avais roulé sur un chemin de caillasse, tu m'avais décrit au téléphone la tumeur pamplemousse enkystée au bas de ta moelle épinière. La nouvelle m'affecta au-delà de ce que j'aurais cru.

Des semaines durant, je renonçai à acheter rue Mouffetard un de ces merveilleux pomélos à la chair rose expédiés d'Australie. À la seule pensée de trancher un pamplemousse, j'avais du dégoût, imaginant que je t'enfonçais moi-même un couteau dans le dos. Aujourd'hui encore, notre paix consommée et cette énorme tumeur dégagée de ta colonne par des mains hélas moins expertes que les tiennes quand tu cueillais de petits corps vibrants au creux du nid maternel, aujourd'hui encore la vue d'un pamplemousse me ramène à ta souffrance du temps où je feignais l'indifférence.

Une paella se prépare. Tu ne parles presque plus. Tu luttes contre ta douleur. Tu dis que nous allons avoir une belle journée. Plus bas, tu as soufflé : « Mon Dieu aide-moi », à moins que tu aies dit : « Mon Dieu aime-moi. » Il faudra que tu m'éclaires sur le Juif que tu es ou que tu n'es plus, sur la peur qui court sous ta peau et au plus profond de tes fibres. Où est passé l'enfant brillant de la synagogue de Fès auquel était promis un destin de rabbin ?

11

C'est chez ta sœur Annie, à Rome, un soir après dîner, que j'ai vu cette photo pour la première fois. Elle nous avait invités, Natalie et moi, qui passions quelques jours à poursuivre les visages de Gregory Peck et Audrey Hepburn sur la vespa de *Vacances romaines*. Nous avions attendu Annie Piazza Navone et de là, avant de gagner son appartement du Prati, elle nous avait conduits d'autorité — très douce autorité — vers le quartier juif de la ville. Nous avions roulé au pas dans des rues sombres et escarpées. J'étais resté interdit devant le manque de lumière, comme si le sort des Juifs n'avait été que de vivre dans les ténèbres, de raser les murs gris, de marcher le dos courbé, de parler à voix basse, telle Annie dans son auto pendant qu'elle cherchait son chemin. « Voici le ghetto de Rome », disait-elle de sa voix enfantine, et j'ai tressailli quand nous sommes entrés via delle Botteghe Oscure, non loin de l'île Tibérine et de la rive gauche du Tibre qui délimitait le quartier juif. J'ai prononcé ces mots, *via delle botteghe oscure*, « rue des boutiques obscures », et je me suis soudain retrouvé projeté dans ce roman de Patrick Modiano qui m'avait tant bouleversé l'année de mes dix-sept ans et de ma quête éperdue de Maurice.

Rien n'allait me résister, pas même l'Ordre des médecins, qui avait refusé de me communiquer ton adresse en France. Comme j'avais senti palpiter mon cœur, deux coups clairs et un sourd, pendant que le héros du roman recherchait son père sur de vieilles photos muettes. Une fois encore j'ai murmuré *via delle botteghe oscure* comme si j'avais retrouvé un très ancien compagnon enseveli dans l'ombre du ghetto. Pour la première fois un livre m'avait parlé à moi seul, m'avait délivré un secret confus. Je sentais qu'il me faudrait du temps avant de le percer mais mon existence en dépendait. Je me souvenais de cette phrase : « Nos vies ne sont-elles pas aussi rapides à se dissiper dans le soir que ce chagrin d'enfant ? »

Puis nous revînmes dans l'éclat électrique des grandes artères et ce déluge de watts nous fit l'effet d'un flot de lumière soudain déversé sur un tapis de billard. Tout roulait bien. Son ami Claudio nous attendait avec un solide gigot et quelques bouteilles de vin sarde.

Mais je m'égare : je parlais d'une photo.

Sur une table basse trônait un couple d'une

soixantaine d'années, lui le cheveu blanc soyeux et légèrement indiscipliné d'un Gabin goguenard, le Gabin des *Vieux de la vieille* ou d'*Archimède le clochard*, une étincelle de malice dans l'œil. Elle le visage lourd, les joues charnues, des cernes accusés sous un regard impérieux que surplombent des sourcils charbonnés.

— Qui est-ce? avais-je demandé, me doutant de la réponse.

— Nos parents, répondit Annie précipitamment, prête à libérer un trésor qu'elle devait garder pour moi depuis le fond des temps, au moins depuis la mort de ce couple de vieux Juifs immortalisé dans la ville éternelle des catholiques.

Elle ajouta :

— Ils auraient tant aimé te connaître. Ils suivaient ta carrière dans les journaux, ils lisaient tes livres. Ils demandaient à Maurice : « Amène-le un jour », mais mon frère ne voulait pas t'ennuyer.

— Mais...

Les mots sont restés en suspens. J'observais le visage de chacun. Annie a complété ce qu'elle croyait être ma phrase étranglée.

— Mais oui, ce sont tes grands-parents.

Comme je restais aimanté par leurs regards, Natalie a eu l'idée de les photographier avec son appareil numérique. En un rien de temps ils se sont gravés en moi. Ils avaient l'air très dignes. Je me suis retourné vers Annie. Une question me brûlait les lèvres en même temps qu'elle me serrait la gorge. C'était si inattendu, cette émotion. Était-ce d'avoir plongé dans le quartier juif de Rome en pensant au merveilleux *Jardin des Finzi-Contini*, à la jeunesse broyée de Dominique Sanda et d'Helmut Berger, qui jouaient à jamais les héros du roman de Bassani? Était-ce d'avoir été présenté à ces disparus avec un sentiment d'irréparable, d'apprendre qu'à la fin de leur vie ils auraient voulu me serrer contre eux? S'éclaira brusquement cette lettre déjà ancienne et sans doute égarée de Maurice m'écrivant qu'à la mort de son père il s'était reproché de lui avoir parlé si peu, de l'avoir connu si mal. Cette lecture ne m'avait inspiré qu'un mouvement d'épaules.

Ils étaient là, définitivement silencieux devant moi, je n'entendrais jamais le son de leur voix.

J'ai demandé :
— Comment s'appelaient-ils?
Le visage d'Annie s'est illuminé.
Très doucement, en timbrant chaque syllabe, elle a prononcé :
— Mardochée et Fréha.
J'ai répété : Mardochée, Fréha.
Mardochée, Fréha.
Il m'avait fallu presque un demi-siècle pour apprendre ce que j'aurais pu savoir depuis si longtemps : j'avais un grand-père prénommé Mardochée et une grand-mère prénommée Fréha.

Devant mon trouble, Annie s'est lancée dans des explications que je n'ai pas retenues en entier. Mardochée, a-t-elle dit, est un personnage de la fête juive Pourim. Mais quel était ce mot, « Pourim », et de quelle fête parlait-elle ? Dans son regard empli d'indulgence, j'ai mesuré l'étendue de mon ignorance. Je ressemblais, paraît-il, à certains Juifs qu'on voit à la synagogue, mais je ne parlais pas le juif. Calmement, Annie me précisa que Mardochée était l'oncle d'une certaine Esther, qui avait épousé le roi de Perse. Jalousé par le ministre Haman, ulcéré que jamais Mardochée ne se prosterne devant le souverain — mais un Juif ne doit se coucher que face à Dieu —, le ministre avait ourdi le projet d'exécuter tous les Juifs. Apprenant au roi ce terrible dessein, l'oncle d'Esther fit pendre par le roi le cruel ministre. Ainsi naquit la fête de Pourim, célébration de la ruse et du déguisement, et d'ailleurs Mardochée, mon grand-père, adorait se déguiser. Mais que pouvais-je savoir de la légende d'Esther et de Mardochée, du roi de Perse et de son sinistre Haman ?

Quand Annie eut terminé son récit j'ai demandé :

— Et Fréha ?

— Fréha veut dire « la joie ».

12

À quel âge t'ai-je fait subir cet interrogatoire ?
Vingt-quatre, vingt-cinq ans ? Le souvenir s'est
perdu mais pas ce que tu m'as dit. Je revis ces
moments sans joie car il me semble t'avoir per-
sécuté. Je voulais y voir clair une bonne fois,
dissiper mes soupçons et mes doutes. Que
n'avais-tu couru, accouru, premier arrivé à l'hôtel
de ville de Nice, service de l'état-civil : j'ai un
fils qui s'appelle… Comment déjà ? Avais-je un
prénom à tes yeux ? Je t'ai harcelé sans répit,
j'avais vingt-quatre, vingt-cinq ans et un prénom
de prince suédois ou, pire peut-être, un prénom
de Boche. Et toi tu étais un vieux Juif de mille
ans, accablé par un jeune bourreau qui s'initiait
aux supplices.

« Alors, alors. » Je m'impatientais. Des mots
entraient par effraction dans ta mémoire, fermée
à double tour car quand on est un homme, mon
fils — tu ne m'as jamais dit « mon fils » —, il est
des souvenirs qu'on prie pour oublier, et le dieu
le plus clément du ciel s'appelle amnésie, qui

sonne comme amnistie. Mais tu n'allais pas t'en tirer à si bon compte : « alors, alors », insistait le petit procureur au prénom presque allemand.

Lentement tu as raconté.

— J'avais l'âge que tu as maintenant, un peu moins. Ta mère était cachée avec son gros ventre dans un village des Alpes-Maritimes. C'était le début de l'été. Tu étais prévu pour la fin du mois d'août. Elle était réfugiée chez de lointains cousins, qui s'occupaient bien d'elle, des gens très ouverts. Ils rigolaient de ces histoires de religion. Tout cela s'apaiserait, pensaient-ils. J'ai contacté une clinique de Nice et un accoucheur dont j'ai deviné aussitôt qu'il était débutant. Puis j'ai dû rentrer en hâte au Maroc. Mes titres de séjour en France arrivaient à expiration le 14 juillet. J'avais espéré les renouveler au consulat de Marseille. On m'a répondu que c'était impossible. Je devais me présenter au plus vite à Casablanca. Là-bas on me délivrerait de nouveaux papiers. Je suis parti fou d'inquiétude. Le 16 à l'aurore, le bateau a abordé les côtes marocaines. À peine descendu à terre, j'ai été arrêté et bouclé dans une cellule où j'ai passé la journée entière sans manger ni boire. Mes visas étaient périmés de vingt-quatre heures. À la nuit tombée, le préposé, qui ne savait que faire de moi, m'a relâché en me faisant promettre de me rendre dès le lendemain auprès des autorités pour me mettre en règle. J'avais la tête qui tournait tellement j'avais faim.

J'ai repris espoir. J'allais retrouver ta mère avant l'accouchement. Quel naïf j'étais! Les fonctionnaires n'ont rien voulu savoir. On ne délivrait pas comme ça un passeport à un Juif. J'étais étudiant en médecine à Bordeaux? La rentrée n'était qu'en novembre, rien ne pressait... Un chef de bureau a dit qu'il fallait diligenter une enquête sur mes activités réelles et sur mes allées et venues en France. J'étais en plein Kafka.

« Les mois ont passé. Pour avoir la sensation d'être à vos côtés, je me suis jeté avec frénésie dans une série d'accouchements à la maternité. Chaque fois qu'un enfant naissait, au moment de saisir son petit corps entre mes mains, je pensais à toi. Je me souviens que cet été-là, entrant dans un box où hurlait une parturiente, je l'ai vue soudain me fixer du regard et cesser ses cris stridents. D'une voix à peine audible de petite fille elle m'a demandé : « Pourquoi tu n'es pas venu au rendez-vous? » C'était une jeune Juive que j'avais connue des années plus tôt. Je l'ai accouchée dans un silence épouvantable que seuls les cris de son nouveau-né ont brisé.

« C'est un télégramme qui m'a annoncé ta naissance. J'ai eu un choc violent. Je voulais tant te connaître. Lorsque, enfin, j'ai pu repartir pour la France, ta mère et toi aviez quitté Nice pour Bordeaux. Alors j'ai découvert cette situation inhumaine. On vous avait séparés l'un de l'autre. Ta grand-mère ne voulait pas d'un petit Juif chez elle. Tu étais placé chez une nourrice dans les environs de Bordeaux. Ta mère m'avait donné l'adresse. Cette séparation l'achevait jour après jour. Mais c'était ainsi. Elle était mineure et sous la coupe de sa propre mère. Je t'ai vu une première fois, puis une seconde. La nourrice m'a demandé de te faire une injection. La fois suivante je t'ai apporté un jouet. Après… Il n'y a pas eu d'après. La nourrice m'a interdit d'entrer. Elle avait reçu des consignes. J'étais désemparé. Un jour j'ai croisé ta mère à Bordeaux. Il m'a semblé que je ne comptais plus pour elle. Je n'ai eu qu'une hâte. Partir. Quitter cette ville. Poursuivre ailleurs mon internat. Dix jours plus tard j'étais à Nancy. J'ai su plus tard que ta mère avait fini par t'arracher à cette nourrice en bravant les ordres. Vous vous êtes retrouvés et nous nous sommes perdus.

Un feu crépite dans ta maison du Sud. Les flammes rousses colorent ton visage. Tu deviens un vieux Marocain tanné par le soleil échappé de la cheminée. Hier on s'est souhaité la bonne année. En choisissant nos mots pour qu'ils se tiennent en deçà de nos vertigineuses pensées. Ce n'est pas simple de dire « Bonne année » à un presque mort. L'arbre est déjà coupé qui fera ton cercueil, des mains l'ont menuisé. Jour après jour, tu t'amenuises. Tu voudrais être incinéré. Tu en parles sans détour : le feu encore, un bon coup de chaleur une dernière fois. Ta famille a protesté. Juif tu es. Juif tu dois rester dans la mort. C'est ça, ont insisté tes frères et sœurs, tu dois mourir en Juif ou alors tu continues la Shoah. Tu as cédé, acheté une concession. Tu as échappé in extremis à une croix sur ta pierre funéraire. Ce sera une colombe. Elle volera jusqu'au Maroc.

Ce matin, installé dans ton fauteuil, tu guettes mon réveil. Je ne suis pas aussi matinal que toi. À peine assis je t'entends murmurer des mots que je ne connais pas.

— *Chana tova*.

— Comment ?

— « Bonne année », en hébreu.

Je souris d'un air impuissant, étranger à ces paroles, étranger au décret céleste qui décidera si tu dois vivre ou mourir. Une expression me traverse : pour moi c'est de l'hébreu.

— *Aàm ajor ef rossalaïim*, poursuis-tu avec l'air d'attendre un signe de moi. L'année prochaine à Jérusalem. En judéo-arabe.

Longtemps tu as gardé ta nationalité marocaine. Même devenu médecin français de France, tu restais de ton pays. Sur ton passeport aujourd'hui cohabitent le Maroc et la France. Elle t'attirait tellement, la France. Enfant, tu voyais chaque été tes amis partir en longues vacances dans la métropole. Tu attendais impatiemment octobre pour qu'ils te racontent. En juillet tu suivais le Tour de France cycliste aux actualités. Tu restais interdit devant le spectacle du mont Ventoux sous la pluie, du Galibier enneigé. Il faisait donc froid en été, là-bas?

Tu vibrais pour Vietto, Robic et surtout Coppi. Avec ses longues jambes d'échassier, il aurait mérité d'être marocain. Tu chantais les chansons de Trenet et de Brassens, dont tu achetais les partitions pour les jouer à la guitare. À Fès, au lycée, ce n'était plus que basket et natation, les sports en vogue dans le milieu français. Tu t'étais même inscrit au judo avant que le professeur te renvoie : le kimono, ce n'était pas pour les Juifs. Avant l'été, une grande foire présentait les régions de France, tu découvrais les yeux écarquillés le folklore basque, alsacien, breton... Un jour tu traverserais la mer. Tu quitterais Fès et ce monde étriqué. Ta condition te pesait. Tu voyais ton père s'épuiser à vendre son bois et son charbon au kilo dans le mellah, tandis que son concurrent français avait seul le droit de participer aux adjudications des écoles et des hôpitaux, qu'il livrait par camions entiers.

Partir, mais comment? Et pour quoi faire?

Ce matin je ne t'arrête plus. Tes souvenirs volent, tu vas trop vite. J'écoute. Il faudrait que je note, impossible de retenir toute cette vie qui file dans l'éclat fauve de la cheminée. Tu aurais pu devenir instituteur ou même professeur. Mais Rabat aurait suffi pour décrocher ces diplômes.

Il te fallait la France. Ce serait la médecine. Le fils de Mardochée, modeste marchand de bois et de charbon, gouailleur mais sans éducation, coquet mais sans le sou — coquet des pieds, disait-on —, le fils de Mardochée deviendrait le docteur Maman. Tu as travaillé jour et nuit. À l'hôpital, un champion de la dermato t'a mis au contact des lépreux. Personne n'osait en approcher. Ils étaient des milliers dans le royaume. Tu n'en menais pas large. Tu as accepté de les vacciner, adultes, enfants, escorté par un infirmier au regard inoubliable : l'un de ses yeux était tout blanc. Le médecin le chargeait de rouer les lépreux de coups de bâton s'il leur restait des médicaments à la fin de leur traitement. C'est qu'ils avaient oublié, certains jours, de se soigner. La punition aidait à la guérison... Entre-temps tu avais appris ton métier à Bordeaux puis à Nancy. Tu avais eu un enfant : ce fut notre histoire, terminée avant même d'avoir commencé.

Soudain tu t'interromps. Tu lèves les yeux vers moi et je peine à ne pas détourner mon regard. Le tien est si pressant, si puissant, deux escarbilles de charbon tirées brûlantes du mellah de Fès.

— Crois-en mon expérience : tu ne dois pas divulguer tes origines juives. Chaque fois que j'ai réussi la plus belle consultation de Rabat, je l'ai toujours payé. Tu m'as dit que beaucoup de tes amis étaient juifs alors que tu ignorais l'être toi-même, tu te sens avec eux une complicité naturelle et parfois une confiance plus grande. Mais ne dis rien. Tu devrais aussi gommer de ton CV sur Internet les origines de ton père biologique...

Je proteste. Ce n'est pas au moment de nous trouver enfin que je vais t'effacer. Je te le dis. Tu souris.

— Comme tu veux, alors.

Je crois que tu es content.

13

Tu dors le jour.

Je ne sais pas combien de temps.

Je ne sais pas comment, dans quelle position, que tu prétends apprivoiser. À ta première opération, l'opération du pamplemousse, on t'avait attaché à une planche comme les suppliciés du Moyen Âge. Je pense à ton corps amoché de partout, aux tourments de ce corps qui n'obéit plus ni au doigt ni à l'œil, trop occupé à mourir quand toi tu veux vivre. Je sais les bouts de chair nécrosés, les muscles atrophiés par de hasardeux prélèvements des cuisses vers le dos. Je sais les tracas du ventre, les centaines de mètres de tapis mécanique tirés de ta carcasse récalcitrante, les ordres de ta tête et les contrordres de tes membres. Des visiteurs te disent : « Reposez-vous » et tu comprends : « Mourez ! » Tu te souviens avoir lu cette phrase : « Il y a une douleur dans cette pièce mais je ne sais pas à qui elle appartient. » Tu as oublié le nom de l'écrivain mais tu n'as pas oublié la douleur : elle est à toi.

C'est la nuit et tu n'as pas sommeil.

On a laissé mourir le feu. Dehors s'est déployé un ciel d'hiver où scintillent de minuscules clous dorés. Tu retrouves l'angoisse enfantine de qui ne veut pas dormir, de crainte de ne pas se réveiller. Tu me parles de la fête de Souccoth que tu aimais tant autrefois. La fête des Cabanes. Après la sortie d'Égypte du peuple juif. Sur ton balcon de Fès, avec tes frères et sœurs, tu construisais une cabane de bambou au toit disjoint qui laissait voir les étoiles filantes. Le souvenir vous revenait alors que vos ancêtres avaient parcouru le désert comme ces milliers d'astres l'immense Voie lactée. Un dieu, le vôtre, vous avait protégés. Les cabanes de fortune vous rappelaient ce temps reculé où votre vie était un fétu de paille.

Je répète : Souccoth. Demain j'aurai oublié. Comment écris-tu ce mot? Avec un *h*, un *t*, deux *t*? Il y a un Juif en moi que je ne connais pas. Je compte sur toi pour me le présenter. Ces fêtes ne m'évoquent rien. Ni Souccoth, ni Kippour (une guerre pour le pétrole?), ni Hanoucca. J'habite un pays inconnu, une langue étrangère. Pas un souvenir juif auquel me rac-crocher, pas une image ni un parfum. Juste un visage, mon visage bien connu des familiers de toutes les synagogues, il paraît. Je suis imberbe, mais mieux vaut, dit-on, un Juif sans barbe qu'une barbe sans Juif. Qu'irais-je bien faire l'année prochaine à Jérusalem ?

Il y a un Juif en moi que je ne comprends pas.

Qui sommes-nous ?

Je ne suis pas tout à fait ton fils et tu n'es pas tout à fait mon père.

Mais presque.

L'important aujourd'hui est dans ce « presque ». Le 25 octobre 1965, tu te souviens de la date, ton fils Olivier était né la veille. Ma mère t'a téléphoné. Tu as proposé ton aide. Elle n'a pas voulu. Tu veux savoir où j'étais, ce 25 octobre 1965 ? Dans une grande maison bourgeoise du quartier Caudéran, près du collège jésuite Tivoli à Bordeaux. Au rez-de-chaussée habitait la veuve d'un général mort dans son lit avec vue sur son grand jardin ombré de glycines. En contrebas, un portique — j'entends encore le léger grincement de la balançoire. À l'étage, un couple de fleuristes hollandais. La femme avait les joues roses comme des tulipes et un sourire toujours collé sur la bouche. Souvent elle m'embrassait quand je m'arrêtais sur son palier. Ça me donnait du courage. Reste à monter un escalier raide comme la justice, plaisante ma grand-mère. On arrive aux toits. Un grenier, un réduit avec une petite cuisine, deux chambres aménagées. C'était chez nous.

En octobre 1965 nous étions là. De la fenêtre sur le jardin je regardais le jeudi après-midi la petite fille de la propriétaire. Je la voyais de très haut. Je n'ai jamais pu détailler son visage. Seulement apercevoir ses couettes, qui volaient quand elle se balançait. Le jardin lui était réservé. La balançoire aussi. Et il fallait se taire quand elle déchiffrait au piano *La Lettre à Élise*, pour ne pas déranger les notes de musique.

Tu ne dis rien.

À quoi penses-tu? Toi non plus dans ton mellah de Fès tu n'avais pas de jardin. La vieille ville grouillait de monde, de visages, d'animaux. Quand tu as quitté le Maroc en 1973 — le roi avait pris les Juifs en grippe après une série d'attentats — tu as su que pour toujours cette ambiance te manquerait. Tu l'as recherchée à Grenade, à Cordoue, à Séville. Là tu as éprouvé la sensation d'avoir retrouvé tes racines. Les orangers, le bassin aux poissons, les façades des maisons. Chacun de nous a entrepris sa quête. Toi le mellah, moi la balançoire interdite et les couettes aériennes d'une fillette blonde.

Une fillette blonde.
J'en connais une.
Elle dort sur les photos de famille.
C'est ma mère.
La jeune femme que tu as aimée.
Elle avait dix-sept ans.
On n'est pas sérieux quand on a dix-sept ans.
Tu t'es assoupi sous les étoiles.

Je pense à elle,
Petite maman.
Le mal qu'on lui a fait.
Le mal qu'on vous a fait.
Elle était si jolie.
Elle était si jeune.
Elle était si perdue.
Amoureuse du jeune étranger que tu étais.
Toute heureuse qui récitait l'homme aux semelles de vent.

« Nuit de juin ! Dix-sept ans ! — On se laisse griser. / La sève est du champagne et vous monte à la tête... / On divague ; on se sent aux lèvres un baiser / qui palpite là, comme une petite bête... »

Tu sommeilles. Les traits de ton visage sont enfin détendus. Je continue de te parler de ma mère doucement. Il y a longtemps que tu n'as plus eu de ses nouvelles. À moi elle en a donné hier. Une longue nouvelle d'encre et de pleurs séchés. Sa vie offerte, papier cadeau et ruban, un titre en épitaphe : *Les épines ont des roses.*

Entends-tu ce que je te souffle de maman ? Tes yeux clos sont parcourus d'ondes électriques.
Je vais te parler d'elle.
De la petite jeune fille que tu as séduite il y a un demi-siècle, que tu as aimée et qui t'a aimé. Apprenant sa grossesse, ta mère a menacé de se

jeter par la fenêtre. La sienne a espéré que les voies du Seigneur résorberaient l'abcès, un crucifix agité devant le ventre coupable. Mais rien n'y a fait. Ce ventre devenait un monde qu'il fallut dissimuler sous des gaines et des corsets.

Jusqu'au jour où ce fut trop.
Ce monde débordait.
Il fallut cacher l'affront de l'amour,
Un amour contre nature.
Alors elle, toute petite
Et folle de toi,
Écoute-moi Maurice aimé d'elle,
Alors elle fut cachée,
Alors elle bascula dans le temps et l'obscurité,
Elle fut juive cachée pendant les guerres de Religion,
À ce moment elle fut juive comme toi,
C'était la guerre,
Elle fut emmenée à Nice,
Zone libre,
Puis un bus enfila lacet après lacet,
Jusqu'à Ascros,
Village de bergers,
Lointains cousins,
Cachée.
Elle fit silence,
Son ventre faisait bombance
Bien qu'elle n'eût pas le cœur
À manger pour deux.

Elle m'attendit,
Elle t'attendit
Tu es venu puis reparti
Pouvait-elle deviner qu'à l'autre bout
De la Méditerranée, tu étais bon pour la cellule.
Je suis né.
Elle m'a serré, embrassé, couvé.
A regardé palpiter ma fontanelle
Comme la gorge d'une reinette
Elle a écrit
Car elle savait bien écrire, petite maman.
Les épines plantées dans sa chair font de belles fleurs.
Elle somnolait dans son lit d'accouchée.
Sans toi
Avec moi.
L'amour avait pris deux visages, elle écrit,
Quand sa mère a surgi
Un taxi tout en bas
Le moteur tourne.
Moteur.

Ce n'est pas du cinéma.
Vite reconnaître ce petit
Avant que le Juif n'accoure et vole et nous le vole et signe de son nom, Maman.
C'est la guerre.
Maman contre maman.
Petite maman sanguinolente,
Tremblant sur ses jambes

Au guichet des déclarations de naissance.

Nom, prénom du père.

Tu dors, Maurice?

Tu ne réponds pas.

Tu n'as pas répondu, ce 27 août 1960, à la pique du jour. Il faisait déjà chaud à Nice. Une chaleur étouffante. Une chaleur de Maroc. Mais tu étais à l'ombre, au frais, puni, meurtri, bien au frais dans ta cellule.

Et ma petite maman à Nice, ne respirant rien des parfums du marché aux fleurs, ne voyant rien des couleurs chatoyantes du cours Saleya.

Petite maman, un stylo sur la tempe et ta mère qui te souffle la réponse.

Nom et prénom du père?

Inconnu.

Bien sûr qu'elle le connaît, son nom, son prénom, ses fossettes (longtemps j'ai écrit ce mot « faussettes » comme une fausseté ou la trace laissée par un faussaire, un faux air de toi).

Père inconnu.

Jamais inconnu n'a paru à maman aussi connu.

Père inconnu.

Elle est rentrée mortifiée de la clinique.

Dans trois ans et demi elle sera majeure.

Elle retrouvera ce père qu'elle connaît bien.

Vous serez heureux.

Mais elle est faible.

La tête lui tourne comme à toi le ventre vide dans ta prison.

Il va falloir rentrer.

Où ça?

Dans le noir et le blanc de Bordeaux.

Le noir et le noir, plutôt.

Et là, bifurcation.

La voiture qui ramène enfin maman chez elle,

Yeux baissés de son frère complice au volant,

Yeux de fer de sa mère,

Bifurque.

Stoppe devant une maison inconnue.

Une femme ouvre. Une nourrice.

Déjà trois bébés dorment.

Surtout ne les réveillez pas.

Je serai le quatrième.

On nous sépare.

On m'arrache à elle.

On l'arrache à moi.

On nous découpe suivant les pointillés du péché.

Dans la rue elle a vomi.

Retour à Bordeaux, seule.

Lit de glace.

Deux mois l'un sans l'autre, petite maman.

Un matin elle a quitté la maison.

Elle rêvait d'être cardiologue.

Sonder les cœurs, les réparer, les écouter.

C'est fini.

Elle sera sténodactylo.

Elle frappera les touches
À la vitesse d'une mitraillette
Car
Elle est pressée
De me reprendre,
De me répondre.

Un matin elle est entrée chez la nourrice.
M'a trouvé les bras entravés par deux grosses
épingles.
Elle a foncé tête blessée, jamais baissée,
Petite maman de rage et de courage,
Elle m'a délivré,
Ne m'a plus lâché, jamais.
Sa mère m'a accepté
lui a demandé pardon
a accepté le fils du Juif
Mais pas le Juif.

Maurice a essayé,
A tenté le diable
Ma grand-mère veillait
Dans la puissance des soutanes, froideur des
églises, raideur de cierge,
Noirs corbeaux.
Plus tard maman t'a évité
Elle se protégeait,
Consignes maternelles,
C'était toi ou moi,
Elle m'a choisi moi
La mort dans l'âme

Tu es parti pour Nancy
Apprendre les gestes qui donnent la vie.
J'ai grandi dans le crépitement de sa machine
à écrire,
Sonnerie au bout du chariot,
Bing!
Écrire c'était vivre,
Ce serait ma vie.
Écrire ma vie.

Tu t'es réveillé.
— Tu me parlais? demandes-tu.
— Non.
— J'avais cru.
— Je rêvassais.
— Tu sais, ta maman, quand elle m'a télé-
phoné le 25 octobre 1965, mon fils Olivier
venait de naître.
— Je sais, tu me l'as dit déjà.
— Cette histoire, si on l'écrivait...
— Eh bien?
— Personne n'y croirait. Tous ces rendez-
vous manqués. Un accoucheur qui rate la nais-
sance de son premier enfant.
— On ne s'est pas ratés puisqu'on est ensemble.
— Il était temps.

14

Quand nous sommes-nous parlé pour la première fois? Ce qui s'appelle parler. Quand t'ai-je écouté pour la première fois, quand ai-je essayé de comprendre? Le fil est ténu, qui remonte, fragile, d'un gouffre. J'étais venu chez toi un été, avec mes enfants. Dans ton jardin écrasé de soleil, à l'ombre d'un grand arbre, je passais des heures à lire. Parfois ta silhouette glissait. Tu approchais doucement, comme on s'avance sans bruit vers un animal craintif, de peur qu'il ne s'enfuie. Je m'étais si souvent évaporé sans explication. Mes filles piaillaient en s'éclaboussant dans un bassin bleu rempli d'eau fraîche. Je tournais les pages, absorbé par ma lecture, moi qui si longtemps m'étais privé de ces livres, tant tu semblais les vénérer, ceux à la couverture ivoire d'Albert Cohen. Je m'étais interdit de les ouvrir, ceux-là et tous ceux des éditions Gallimard, défense d'y voir. Tu risquais un mot ou deux. Tu retenais ta respiration, prononçais les phrases les plus banales qui te venaient à l'esprit, redoutant les maladresses qui me feraient décamper sur un coup de tête : « Allez les filles, on s'en va. — Mais pourquoi papa, on s'amuse bien ici ! — On s'en va, je vous dis, préparez vos affaires. » Tu aurais tout fait pour que je reste encore.

Cet été-là je suis venu une dizaine de jours. Chaque matin tu devais te dire avec soulagement : il n'est pas parti.

Tu ne perturbais pas ma lecture.

Tu respectais mon silence.

Aux repas, tu demandais à mes filles :

— On se ressemble avec votre papa, non ?

Les filles acquiesçaient sans bien comprendre. Elles te prenaient pour un vieil ami, comme j'avais été à dix-sept ans, aux yeux de tes enfants, le fils de vieux amis.

Je ne disais rien.

Je souriais un peu. Juste un peu.

Le soir, quand le soleil lâchait prise, on s'installait sur la terrasse devant la maison. Et plus tard, à la nuit tombée, Paulette et toi vous organisiez une petite cérémonie du thé dans un espace abrité, sol de brique rose et coussins de laine, feuilles de menthe, pignons de pin, le tout posé sur un large plateau de cuivre qu'un coup de genou involontaire faisait retentir comme un gong. Vous parliez du Maroc, nous étions à Fès, à Rabat. Petit marteau à casser le sucre en argent, verres brûlants d'où s'échappait une vapeur blanche dans la lueur des photophores. Flammes des bougies et leur danse du ventre sous notre souffle, dans l'obscurité sans air. Vous étiez ailleurs, vous étiez revenus chez vous, les langues se déliaient. Tes enfants étaient là souvent, sans gêne aucune, ils savaient.

Je n'étais pas le fils d'un ami.

J'étais le fils que tu avais eu avec une femme que tu avais aimée autrefois, la vie vous avait séparés.

La vie sépare.

J'étais séparé.

Je vivais séparé.

De toi.

De ma femme.

En réalité je vivais surtout séparé de moi.

Coupé en deux ou en trois.

J'avais porté enfant le nom de ma mère.

Puis un nom de Méditerranée.

Le tien planait au-dessus de ma tête.

Papillon volatil.

Jamais apposé sur aucun registre de l'état civil.

Je sais qu'un jour je t'ai écrit
Pour te demander si
Finalement
Ce nom, ton nom, ne devrait pas être
Le mien.
Tu as compris qu'une lettre n'a d'importance,
N'a d'impatience

Que dans la minute où elle a été écrite.
Ensuite c'est trop tard, c'est fané.
Les mots se flétrissent
À peine leur encre qui brillait pourtant
Si vivement
A séché.
Quel écrivain de jadis, chaque fois qu'il écrivait au creux de la nuit noire, frappait l'enveloppe de sa missive par ces mots tamponnés :
« *Too late* » ?

Je t'avais écrit que peut-être, enfin, ton nom pourrait être le mien,
Mais cet été-là, le nez plongé dans un livre (c'était je crois *L'Amant de la Chine du Nord*),
Et toi ne m'effleurant que de ton ombre,
Prudent, gardant tes distances,
Pour ne pas briser le cristal
De mon silence,
Nous n'avions pas une seule fois prononcé ce nom, Maman, comme on parle d'un projet commun.

Pas davantage je ne t'ai dit papa.
Maudit mot jamais dit,
Mais combien de fois arrêté au bord de mes lèvres.
Stoppé net face au précipice de la trahison.
Celui que j'appelais ainsi ne pouvait être toi.
C'était écrit, son nom à lui, inscrit sur les registres de Nice.

Dix ans après ma naissance, après que maman ensanglantée avait dû écrire le nom du père inconnu,

Dix ans après l'amour évanoui,

Longtemps, longtemps après,

Comme un cœur gelé se remet à battre,

Doucement,

Un nom de Méditerranée est arrivé,

Mais pas le tien, Maurice,

Celui de Michel,

Soufflé par le sirocco de la Tunisie,

De ses montagnes violettes,

Pas si loin du Morocco,

Mais un autre Sud,

D'un protectorat l'autre.

Ma petite maman à protéger,

Loin de Maurice du Maroc,

Près de Michel de Tunisie,

Qui m'apprit ces mots, la Goulette,

et boire à la gargoulette.

Je ne t'ai pas dit papa.

À Michel je réservais ces deux syllabes,

Deux négations pour un oui.

Un oui qui te disait deux fois non,

Pa, pa.

Pourtant,

Ton nom fut l'affaire de ma vie

Faire sonner ce nom, Maman,

Comme un coup sourd, le poing serré sur la peau tendue d'un tambourin. Je tambourine contre ton nom pour qu'il s'ouvre, Maman qui doit sonner

Comme chaman,

Comme gitane,

Ou réchauffer comme butane,

Ou attendrir comme frangipane avec couronne des rois, galette et fève. Me revient l'origine mystérieuse de tes aïeux, pâte humaine du désert levée à la verticale d'un astre. Tu m'as un jour parlé de Yahia, j'ai oublié, j'ai tout oublié, c'était du temps où je ne voulais rien retenir, il faudra recommencer, dépêchons-nous et tâchons d'éviter les digressions.

Maman comme Mamane,

Maman dans le nom,

Combien de fois m'y suis-je glissé comme une ombre, combien ai-je rôdé, maraudé, trouvant bouches closes et personne pour dire le nom qui aurait été ma seule adresse. Dix-sept ans de ma vie j'ai ignoré jusqu'à ton existence, alors comment aurais-je deviné que tu portais un nom de mère bleue.

À présent je mesure les dégâts. Un Juif qui ne donne pas son nom n'est guère plus qu'un enfant qui ne l'a pas reçu. Ton nom aurait dû être mon berceau comme il sera ta sépulture. Un territoire habité par nous deux. Au lieu de cela il n'a été rien d'autre qu'une souffrance aveugle, bénigne au début, indolore, presque rien. Et tout se logeant dans ce presque, comme une balle perdue enchâssée dans la cervelle dont ne subsiste à la fin que l'écho assourdi, peut-être imaginaire, de la déflagration. Ton nom est ton territoire intangible à toi qui n'en as plus. Pas un lieu où tu puisses dire : je suis ici chez moi. Il y a si longtemps que tu n'as plus vu de tes yeux Fès, Rabat, Casa, Tanger, Gibraltar. Au moins aurais-tu aimé retrouver dans ce « presque » fils, comme il est des presqu'îles, un lien familier, un nom accordé à ton histoire. C'est le contraire qui est arrivé. Mon nom ne contient pas la moindre parcelle du tien. Dans mon regard tu es toujours un Juif errant et moi je demeure à jamais une erreur.

Mais une erreur cela se répare, se corrige. Je me croyais enfant du mépris et c'était une méprise. J'écris au feutre noir sur un carnet noir à ressort, aux pages couleur crème lignées de gris sur lesquelles les mots glissent au rythme de ma main, au plus près de mon souffle, au rythme de mon cœur, que je sens palpiter jusqu'au bout de mes doigts. Pas de machine à traitement de texte, les mots iraient trop vite, plus vite que ma pensée. J'écris notre petit monument de papier. Tu verras cette magie. De notre vie passée au noir sortira un édifice tout blanc, un de ces marabouts aux murs chaulés qui enchantaient ton enfance au flanc des collines de Fès. J'écris et ce ne sera pas grand-chose, un mauvais moment à passer.

Écoute-moi, car c'est à moi de dire, de te dire,

Pourquoi, comment des milliers de pages sont-elles déjà tombées de ma main depuis si longtemps, à croire que j'ai su écrire avant même de penser, avant même de parler? Tant de fois je me suis demandé pour qui est ce « je », le « je » de mes romans. Mes envois si long-temps clos par nécessité, tu peux les ouvrir. Ces mots sont pour toi, le « je » de mes écritures a trouvé son destinataire, alors reste encore un peu, mon vieux père, avant de me manquer comme un frère.

Tout ça,
C'est la faute à Albert Cohen.
Tout a commencé avec Albert Cohen.
Avec les livres perchés d'orgueil sur la plus haute étagère de ton salon marocain. J'avais dix-sept ans et il était ton dieu qui régnait par-dessus les tapis et les cuivres, le feu et les coussins brodés.
L'espoir est né.
Silencieux, tenace, imprévu.
Une démangeaison au creux de la main. Secret espoir qu'en noircissant à mon tour des pages et des pages qui viendraient se serrer, bien cousues, sous la couverture chaude et couleur sable de l'éditeur d'Albert Cohen, toi qui ne m'avais pas reconnu, tu serais forcé de me connaître. Que mes écrits pourraient se hisser jusqu'à l'étagère supérieure de ta bibliothèque aux côtés de Mangeclous et de la mystérieuse

Belle du Seigneur. Que peut-être, rêve immense et fou, je les détournerais de ton cœur. Plus fou encore, que tu balaierais d'un revers de main tous ces livres pour y installer les miens.

Longtemps, je me suis douté que ma prose assassine ne pourrait se frayer un chemin jusqu'à toi, ou alors dans la partie basse de ton meuble réservée à la médecine, parmi les livres sur la douleur et les moyens de la dominer. Ou parmi les livres de cuisine marocaine. Aujourd'hui, dans ton salon, plus un seul roman d'Albert Cohen. Les miens les ont chassés.

Tu n'y as pas gagné au change. Moi je les ai tous achetés, lus et relus. Et lorsque dans ma bibliothèque je caresse des yeux leurs hautes couvertures alignées, avec *Le Livre de ma mère* et aussi *La Promesse de l'aube* de Romain Gary, je suis un alpiniste aux mains petites découvrant, inquiet, les fiers sommets de l'Himalaya.

15

Souvent je dois te quitter pour reprendre mon travail. On se téléphone, on s'écrit. Ta voix est soudain faible et lointaine. J'encombre ta messagerie électronique avec chaque soir une ou deux questions. Je cherche à reconstituer l'itinéraire qui mène à toi. Qui a dit que la pauvreté n'a pas d'histoire ? Sûrement Camus. Tu ne retrouves pas grand-chose. Tu remontes les branches de ton arbre généalogique aussi fantaisistes qu'un décor de music-hall. Tu ne t'aventures pas trop haut car il est des branches cassantes, alors tu m'épargnes l'ascendance du grand Rachi, la filiation des rabbins célèbres qui n'ont jamais enfanté de Maman et d'Elalouf.

Sans doute en avais-je l'intuition avant même d'apprendre ton existence. Nous sommes nés d'un grain de sable. Tu es, je suis, le descendant par la chair d'un petit grain de sable que le vent du désert poussa un beau matin ou par une nuit des *Mille et Une Nuits* dans la foulée d'une caravane brinquebalante en marche pour Fès. Quelle merveille de se découvrir fils du désert. À condition de le savoir à temps pour célébrer le rêve éveillé. À cinq ou six ans, j'aurais fait des tonnes de ce minuscule grain de sable, rose des vents, renard et aviateur apprivoisés.

Ton grand-père était un jeune Berbère, juif comme il se doit, étoile filante, fuyante, aspiré par une théorie de Bédouins qu'aimantaient, lointaines encore, les lumières de Fès. Il s'appelait Yahia. Il avait neuf ans quand il mit son pas dans le pas des chameaux. Nous sommes en 1870 et tu me parles de lieux que je ne peux imaginer. Surtout ne va pas trop vite. Le cercueil attendra, et puis ces noms qui ne m'évoquent rien, Rissani, l'oasis du Tafilalet, les Megorashim, tu ne peux me laisser sans m'éclairer. Tu sais bien qu'il ne suffit pas de mourir, il faut d'abord le vouloir.

Je découvre le texte que tu viens de m'envoyer et j'entends ta voix sifflante derrière chaque mot. Yahia est de Rissani, oasis du Tafilalet, écris-tu d'abord. Rissani, c'est l'ancienne capitale Sigilmassa, le berceau de la dynastie régnante des Alaouites. C'est aussi le carrefour des caravanes venues d'Afrique noire. Voilà nos chameaux. Là s'active une importante population juive berbère, très commerçante, connue sous le nom de Filali. Ton grand-père paternel est donc un Filali. Et pour les Juifs fassis, ceux de ta famille maternelle Elalouf, arrivés d'Espagne en 1492, un Filali est un péquenot. Celui qu'on invite volontiers à la synagogue pour shabbat, qu'on pousse à monter au sefer pour commenter la paracha (je devrai te demander le sens précis de ces mots). L'assistance fassi sait qu'il va dire des naïvetés et rit déjà sous cape. C'est un peu le « dîner de cons », poursuis-tu afin d'être certain que je comprends. Dans ton enfance à Fès, les bourgeois se moquaient de toi en te désignant comme le petit-fils de Yahia le Filali. C'était injuste. L'existence de ces Juifs berbères ne remontait-elle pas à la nuit des temps, avant les Arabes? Cela aurait dû en imposer aux Fassis chassés d'Espagne dans le chaos de la Reconquête, du sac de Grenade et de Cordoue.

La mère de Yahia est morte en couches.

Son père, un notable de Rissani, s'est vite remarié. À neuf ans, Yahia a pris sa décision. Mal aimé de sa belle-mère, il s'est enfui pour Fès. Il s'est promis qu'un jour il épouserait la plus belle fille de la ville. Le voici au service du grand rabbin, qui est aussi celui du Maroc, le rabbin Serfaty. Yahia accomplit des prodiges. Coursier, garçon à tout faire, dégourdi comme pas deux bien qu'analphabète, il fait fortune et épouse Zohra, la nièce du rabbin. Yahia roule sur l'or. Il se fait construire une belle maison avec un puits dans la cuisine, une rareté. Avec

Zohra il aura huit enfants, dont le dernier sera Mardochée, ton père. Puis Yahia s'offre une ferme dans une région éloignée. Il s'y installe à l'année, ne revenant à Fès que pour les fêtes, traversant la grande rue juché sur une imposante calèche tirée par un cheval et remplie de victuailles, légumes, fruits bariolés, volailles et moutons vivants, produits de ses champs et de ses élevages. Un spectacle que goûte modérément la bourgeoisie fauchée de Fès, jalousant le Filali fantaisiste et aisé.

Quand Zohra décède au cours d'une opération, ton grand-père la pleure beaucoup puis épouse au bout d'un an une jeune femme de cinquante ans sa cadette. Ils auront une fille qui fera son Alya, la montée vers Israël, après des mois de transit pénible dans des camps insalubres de Chypre. Tu m'as parfois parlé de cette « petite tante », comme tu l'appelles. Tu aurais eu envie toi aussi de la rejoindre en Israël.

J'éprouve le besoin de consulter une carte du Maroc. Mais quelle carte sera assez précise pour consigner ces lieux qui furent tant pour vous mais sont si peu dans l'étendue de ton pays ?

Je récapitule.

Yahia a épousé Zohra Cohen. Yahia et Zohra. Jusque-là je suis. J'adore suivre. Quand on a été si perdu, on ne demande que ça : suivre. Ne pas perdre le fil. Zohra est une Serfaty par sa mère.

Serfaty comme le grand Rabbin son oncle. Et après?

Zohra ta grand-mère est une Megorashim.

Ainsi sont appelés les juifs chassés d'Espagne en 1492.

J'y suis.

Je deviens juif en route. Aux questions que tu me poses, je réponds par d'autres questions. Tu me demandes si je m'y retrouve et je te demande si toi tu n'es pas perdu.

J'ai l'impression de remonter un mur éboulé.

La langue des Megorashim est le judéo-castillan, connu aussi sous le nom de ladino. Bien. Je répète à voix basse, il m'aura fallu attendre si longtemps pour que mes lèvres, ma langue, ma bouche, mon souffle aussi, donnent vie à des sons inconnus dont pourtant je suis à moitié tissé. Le judéo-castillan, alias ladino, s'est petit à petit transformé en judéo-arabe. Je suis toujours. Des portes s'ouvrent, insoupçonnées. Toutes ces existences de sable prennent une forme, une épaisseur, comme sur un tour de potier. Je touche à la vérité. Ma vérité. Maurice est en train de faire naître un vieil enfant de bientôt cinquante ans. Il faut ses deux mains pour créer aujourd'hui, notre bel aujourd'hui. Nous marchons dans l'espace-temps, nous remontons ensemble le cours des années-lumière, ses paroles convertissent les minutes en décennies.

Jérusalem et le Talmud sont encore loin de moi.

Sûrement inaccessibles.

Saurai-je un jour déchiffrer la langue de ton enfance ?

J'ai appris que les langues acquises occupent dans le cerveau une aire distincte de la langue maternelle. Il s'agit d'une région précaire d'où s'effacent plus facilement le vocabulaire, les règles de grammaire et les accents. Une région pour langue en transit entre deux exils. Je bute sur ce vide immense de la langue. Le Juif en moi est un charlatan qui ne pourra rien rattraper sinon des ombres et des sons débiles à son oreille. À moins que par le cœur l'hébreu entre plus facilement, et la paracha, et le ladino. Mais à quoi bon savoir prononcer ces mots que tu ne dis plus depuis longtemps ?

Tu m'écris : « Lorsque je parle ma langue maternelle, le judéo-arabe, mon interlocuteur marocain sait aussitôt que je suis juif. Mon ami Latif, si je lui parle au téléphone en arabe dialectal, il ne me reconnaît pas et reste persuadé de converser avec un Arabe. »

Moi, quand tu me parles, j'entends mon père.

16

Hier j'ai donné une conférence devant une
assistance provinciale. Dans un village de l'Ardèche entouré de tunnels de lavande qui grim-
paient à flanc de coteau près des vignobles du
Tricastin. À la fin de la soirée, une femme s'est
approchée de moi et m'a dit : « C'est incroyable,
vous êtes le sosie du docteur Maman, son sosie.
— Mais comment le savez-vous ? » ai-je demandé.
Alors, à voix basse, elle m'a avoué qu'elle te soi-
gnait depuis une année. Une jeune femme éner-
gique à la voix et au regard pénétrants. Elle passait le week-end dans la région. Je n'ai su quoi
lui dire sinon :

— Cela doit lui faire du bien d'être suivi par
une femme.

— Oui, a-t-elle répondu. Il en a soigné tellement lui-même.

Je me suis souvenu d'une scène ancienne.
Nous marchions dans ton village du Sud, une
petite ville plutôt, au milieu des ruelles, parmi

les bâtisses roses. Au loin se découpait la chaîne des Pyrénées, dentelée de neige. Une silhouette t'a salué avec respect. Tu m'as soufflé : « Cette dame, je l'ai opérée il y a trente ans d'un cancer. Vois comme elle trotte ! »

Je n'ai pas oublié ton sourire, cette paix en toi. Tu opérais des heures entières, des nuits entières, prodigue de ton temps. Pendant combien d'années n'as-tu jamais eu le temps pour vivre, happé par ces enfants à mettre au monde, ces femmes à sauver pour qu'elles restent des mères, ou qu'elles le deviennent ? Longtemps tu n'as pas eu le temps.

Ton médecin me rassure un peu. Il reste encore du temps, me dit-elle. Il lui en reste. Le mal va progresser lentement. Revoir le Maroc ? Il pourra peut-être. Nous nous quittons sur ce mot : « peut-être ».

17

J'apprends vite.

Tu es le fils de Mardochée, lui-même fils de Yahia et de Zohra.

Il faudra que tu me renseignes sur ta mère Fréha, qui porte le nom de la lumière. Je résume ce que je sais grâce à toi de Mardochée.

Après son certificat d'études, il trouva un emploi dans une compagnie d'autobus. Curieux de sa personne, élégant de la tête aux pieds — beaux chapeaux en haut, souliers vernis en bas, et belles chemises de France entre les deux —, Mardochée avait le don de se faire ami de tout le monde. Ainsi fut-il approché pour devenir vice-consul de Grande-Bretagne, poste qu'il écarta avec beaucoup de tact et aussi beaucoup de fermeté, ayant appris qu'il lui faudrait travailler le vendredi. Il poussa un de ses proches moins porté sur la religion pour n'avoir pas à offenser Dieu. Son père l'aida à ouvrir un fondouk de bois et de charbon, mais l'affaire l'intéressait si peu qu'il devint un vrai courant d'air, se précipitant plus que nécessaire dans les forêts voisines pour acheter des coupes de bois, s'improvisant écrivain public chargé de rédiger des courriers soignés pour le compte de riches commerçants. Doué pour l'hébreu et pour le droit, il fréquentait les plus grands rabbins du Maroc et les juristes éminents, au point qu'on le consultait plus souvent qu'à son tour pour démêler de sombres polémiques engageant les lois de la terre et du ciel. Ainsi vécut Mardochée dans sa ville natale, connu de tous mais ignoré des siens et d'abord de toi, Maurice. Jamais tu n'aurais soupçonné l'aura d'estime et de science dans laquelle il baignait, heureux, discret sur ses mérites et ne les goûtant que davantage.

Certes avait-il sa part d'égoïsme quand, une fois l'an, il plantait là femme et enfants et allait mener belle vie en France, avec canne et chapeau, séances d'après-midi à la Chambre des députés pour entrevoir Paul Reynaud, razzias chez les meilleurs tailleurs de la place pour rapporter force chemises, tandis que vous tiriez le diable par la queue... Mardochée se payait du bon temps, mais c'était ton père et tu plaçais le respect au-dessus de la critique. La mort de ta grande sœur Anna-Annette avait fait de toi l'aîné de la famille, celui qui obéit sans broncher aux desiderata de ses parents. Tes yeux aux paupières nues, je veux dire sans cils, se sont embués, soudain. Est-ce parce que j'ai prononcé le prénom de cette sœur disparue (tu as écrit « DCD » dans ton dernier message)? Accident de voiture, à l'âge de dix-sept ans, comme elle se rendait à un match de basket.

Je suis arrivé de Paris par l'avion du soir. Nous reprendrons demain. J'aime ce moment où je te dis : « À demain. » C'est plus facile que « Bonne année ».

Comme toujours tu es levé le premier.
Tu as émietté devant toi de drôles de biscuits friables saupoudrés de sucre. Des galettes rondes que tu rapportes d'Espagne, fines et gondolées, que brise une simple pression des doigts. Le goût est délicieux. Tu les achètes par paquets entiers, comme si tu craignais de manquer. Au cas où il faudrait partir vite. Partir où? Tu ne sais pas. Tu as passé ta vie ainsi. Avec tes papiers prêts, ton passeport à jour, une précaution pour prendre le premier avion à destination d'ailleurs si d'aventure, et aventure il y eut, le temps n'était pas aux Juifs. Ces galettes sont ton pain azyme, une pâte qui n'a pas levé, avant la fuite. Tu détestes le goût du pain azyme. Tu détestes le goût des injustices, qui te reste au beau milieu de la gorge.

Je sais une histoire qui passe moins bien que tes galettes sucrées. Je suis sûr qu'elle hante parfois tes nuits sans sommeil. Avant qu'éclate la guerre des Six-Jours, tu étais promis aux plus hautes fonctions de la grande maternité de Rabat. Tu étais le successeur désigné du patron français. Mais la vague d'antisémitisme t'a rejeté dans une minuscule clinique de la ville tenue par une sage-femme et une infirmière. Du jour au lendemain tu es tombé dans l'obscurité sans avoir vu le danger venir. Bien sûr, tu n'avais aucun sens politique. Tu te méfiais du Palais. Un général faisait irruption dans ton cabinet, exigeant que tu le suives séance tenante au chevet de son épouse. Tu refusais, montrais ta salle d'attente pleine à craquer, non, désolé, bonne journée mon général, et compliments à votre dame.

Le jour où, moins débordé qu'à l'accoutumée, tu fis une entorse à ta règle d'or — jamais le Palais! —, on te fit poireauter une heure, puis deux, puis trois, thé avec des gâteaux, deux thés, trois. Si bien que tu tournas les talons et retrouvas ton cabinet au bord de l'émeute. « Il va arriver, il a eu une urgence! » s'égosillait ton personnel. Cela te servit de leçon, on se passerait de tes services dans le monde des princesses.

Très vite ta petite maternité de fortune fit le plein. On te réclamait de partout. Il se murmurait déjà dans Rabat que tes mains reliées à ton sourire accomplissaient des prodiges. Ce fut un juste retournement du sort. On oublia que tu étais juif pour louer ta dextérité qui, disait-on, égalait celle des médecins français et sans doute la dépassait puisque les femmes des ambassadeurs de la Suède, du Gabon et du Canada exigeaient tes soins.

C'est vers cette époque, en voyant la plaque dorée du docteur Maman, que Mardochée se mit à baisser les yeux devant toi, et toi, fils distant, comme je le serais bien plus avec toi, tu ne fis rien pour les lui relever. Tu l'intimidais tant qu'il osait à peine t'adresser la parole. Entre vous commença un long silence, comme en prémice du nôtre, qui dura jusqu'aux années où tu décidas de quitter le Maroc pour toujours, de transporter ton art et ta famille en France, et d'y entraîner tes parents.

Maintenant tu regrettes. Et si aujourd'hui tu me parles enfin, c'est une réparation qui remonte le temps pour embarquer Mardochée dans notre conversation. Mais tu parles si vite, Maurice, que j'ai peine à te suivre, ce matin. Hier nous en étions à ta pauvre sœur Annette et, s'il faut remuer ce souvenir, alors disons d'emblée qu'avant son décès tu étais principalement un cancre. Elle était grande, jolie, brillante. Tout lui réussissait. Sauf la vie, qu'elle a perdue bêtement. Du jour au lendemain la tristesse s'est abattue chez Fréha et Mardochée. Tu es devenu l'aîné et ce fut un poids insoutenable, comme le regard de cet oncle qui te toisa avec un mélange de mépris et de désolation, te traitant de rien du tout, qui ne pourrait jamais égaler la disparue. À la maison vous n'aviez plus le droit de sortir.

Plus de sport, plus de virées avec les copains. De peur que ne survienne un autre drame.

Annette, elle te passait tout et ne te passait rien. Comme elle raflait les prix d'excellence, elle n'oubliait jamais de te céder quelques livres enrubannés pour donner à tes parents l'illusion que tu avais brillé toi aussi. Mais si elle te surprenait à dépenser un faux dollar donné par Mardochée, à mystifier la caissière du cinéma en t'offrant un balcon au grand film du dimanche ou la boulangère ébaubie de ta bouche pleine de pâtisseries, alors Annette te dénonçait sans pitié. La rouste paternelle était de rigueur. À chaque rentrée c'était la même histoire. Jeune frère de ce phénomène, tu te voyais placé d'office au premier rang, crédité d'emblée de qualités supérieures. Puis, ta nullité devenue éclatante, tu glissais vers le fond de la classe. Je n'ai jamais vu le visage d'Annette. En as-tu conservé une photo? J'aimerais chercher dans ses traits un peu des tiens, un peu des miens.

Mais la fatigue t'a gagné. Ta voix n'est plus qu'un mince filet. Tu as juste la force d'exhumer un souvenir enseveli. Enfant tu aimais rire et amuser la galerie. Ton cheveu sur la langue déclenchait l'hilarité de tes amis quand le professeur te choisissait pour jouer une saynète. Tu étais un petit garçon très insouciant. Sitôt en classe, tu rentrais dans tes rêves. À la récré, tu imitais les speakers de la radio, un certain Georges Briquet commentant un match de foot de Reims ou l'arrivée au sprint d'une étape du Tour. Un pied sur un tabouret tu étais Brassens grattant sa guitare. La mort d'Annette t'a réveillé. Tu n'as plus jamais rêvé.

Piqué par les réflexions de cet oncle, tu as décidé de devenir le meilleur de la classe. Tu as longtemps gardé cette photo de sixième avec des croix que tu traçais sur chaque élève rattrapé et battu à plate couture. Cela t'a pris sept ans pour les dépasser tous, à l'exception d'un ou deux. En terminale, tu étais au sommet. Tu serais médecin en France. L'oncle n'avait qu'à ravaler sa méchanceté. Et Annette pouvait être fière, là où elle était. Mais pour toi elle n'était nulle part. Sûrement pas auprès de Dieu. Sa mort avait déclenché tes grandes querelles avec l'au-delà.

Un jour, ton cousin Robert et toi, vous étiez montés tout en haut de l'immeuble le plus élevé de Fès, appelé l'Urbain. C'était shabbat et, bravant tous les interdits, vous aviez emprunté l'ascenseur. Puis de la terrasse, toi qui comprenais l'hébreu et l'arabe à merveille, toi qui avais fait ta bar-mitsva à dix ans au lieu de treize, toi qui serais le rabbin de la famille, tu jetas dans le vide ton talet, retenant serrés contre toi tes tephillin. À mon regard idiot tu devines que je ne comprends pas ces mots. Le talet, précises-tu patiemment, est l'écharpe de prière que portent les Juifs pour shabbat. Quant aux tephillin, c'est une boîte percée de bout en bout par des lacets, qui contient de petits morceaux de parchemin de la Torah.

— N'as-tu jamais vu un Juif prier ? demandes-tu.

Je fais non de la tête. C'est tout juste si je ne m'excuse pas.

— Il passe son châle à son cou, poursuis-tu sans marquer aucun signe d'impatience ni t'émouvoir de mon ignorance. Il attache à son front une boîte noire comme une lampe de mineur, tu vois ?

Je vois.

— Il attache une autre boîte à son bras gauche, le bras du cœur, puis enroule le lacet tout le long jusqu'aux doigts en serrant fort. Si tu veux vérifier qu'un Juif a prié, regarde s'il porte la marque de ces liens sur sa peau.

Je me suis senti misérable de tant d'ignorance.

Le lendemain je suis rentré à Paris.

Sur mon ordinateur j'ai trouvé un message.

« C'est normal que tu n'entendes rien à tout cela, écris-tu pour me rassurer. Dis-toi que dès l'âge de trois ans j'étais pris en main par un rabbin qui venait à la maison m'apprendre les prières quotidiennes et les prières de fêtes. Jusqu'à quinze ans j'ai dû me rendre chaque matin à la synagogue. Alors… À six ans je lisais parfaitement l'hébreu. En juillet 1942, pendant que ma mère accouchait de mon frère, un travail long et laborieux, j'ai prié des heures entières pour qu'elle soit délivrée.

Je vais me reposer et demain je poursuivrai. »

18

Le lendemain, tu as voulu revenir sur Mardochée. J'ai compris que tu avais parlé à ton oncle Charles, qui avait jadis beaucoup fréquenté tes parents, à l'époque de leurs fiançailles. Quel âge peut-il avoir? Le connaîtrai-je un jour? Je te le demanderai plus tard, je garde la question en réserve, une petite question de rien qui fera diversion et donnera à la mort un peu de fil à retordre. J'imagine la nuit silencieuse, le léger cliquetis des touches de ton clavier sous la pression de tes doigts, la lumière douce de l'écran qui bleuit ton visage affairé. J'imagine ton regard acéré, direct, qui file droit au but, difficile à soutenir, quelque chose d'un oiseau de proie, j'ai tant bataillé pour ne pas devenir ta proie.

Mardochée, écris-tu, est né en 1909, le sixième d'une famille de huit enfants (je croyais qu'il était le dernier).

Suivent les noms en rang d'oignons : Simha,

Macklouf, Hassiba, Thamo, Joseph, Mardochée, Gracia, Rachel.

Je les prononce lentement à voix basse. Ils entrent en moi, il faudra que je les retienne. Peut-on retenir des fantômes ? Il faudra.

Tu veux préciser ce que tu m'as déjà dit sur ton père, tu y tiens.

Mardochée a suivi des études talmudiques jusqu'à treize ans. Il a été le condisciple et l'ami du grand rabbin Monsonégo, qui fut le grand rabbin de Fès puis du Maroc. Est-ce par familiarité ou pour gagner du temps que tu écris simplement : « le Gd Rab » ? Jusqu'ici le mot « rab » n'avait évoqué pour moi que le boni de frites déjà froides à la cantine. Après sa barmitsva, Mardochée a été inscrit à l'Alliance israélite, où il a obtenu son certificat d'études. Plus tard, il est représentant d'une compagnie de transport à Fès, de 1925 ou 1926 jusqu'en 1940. Mardochée a été un des premiers de sa communauté à posséder une voiture de marque Fiat. Viendra ensuite le temps du fondouk de bois et charbon ouvert à l'entrée du mellah. Il prendra feu sans raison connue ; Mardochée en ouvre un second, dans lequel il vivote. C'est une période de vaches maigres. Vous vous serrez à huit dans un minuscule deux-pièces, vos parents dans la chambre, tous les enfants dans le salon. Tu étudies d'arrache-pied.

Après l'indépendance du Maroc, en 1956, Mardochée accède enfin aux adjudications pour les hôpitaux et les lycées. Bientôt la famille emménage pour s'installer à l'Urbain, le fameux « gratte-ciel » de Fès d'où tu as envoyé valser ton talet des années plus tôt. Si tes parents savaient. Mais tu es déjà loin, étudiant à Rabat, rêvant de la France. Patience. Elle t'attend sous le visage enfantin et rieur de ma mère.

En 1967, la guerre des Six-Jours ruine l'affaire paternelle. Malgré tes propres ennuis, tu as assez de relations pour lui obtenir un poste de directeur de la Sococharbo à Fès. Mardochée vend la houille extraite des mines de Zellidja, au sud du pays.

Lorsque, en 1973, après les attentats contre le roi Hassan II — tu évoques la tuerie de Skhirat —, les Juifs sont une nouvelle fois pris en grippe et malmenés, tu veux emmener tes parents en France. Ils ne s'y résoudront que six mois plus tard. Jusqu'à sa mort, Mardochée passera sous ta dépendance matérielle. Tu l'as voulu ainsi. Tu es l'aîné, héritier d'une tradition tribale. Tu veilles sur tes parents sans les laisser empiéter sur ta vie familiale où la religion n'a pas sa place.

En 1975, Mardochée est hospitalisé pour dépression. Le Maroc lui manque, ses amis de là-bas. Lui qui était si disert, commentant chaque jour l'édition du *Monde* acheminée de Paris, faisant la lecture des éditoriaux à voix haute, lui qu'on consultait pour ses avis juridiques, Mardochée, l'intime du bâtonnier et d'une ribambelle d'avocats, sombre dans le vague à l'âme. Tu lui as acheté un bel appartement à Toulouse, dans l'immeuble dit des Américains. Il finira par reprendre goût à l'existence, multipliant les occasions de descendre dans la rue pour bavarder avec ses nouvelles relations, un filet à provisions trop peu rempli de légumes et de fruits pour qu'il trouve prétexte à ressortir avec de nouvelles commandes de Fréha.

Certains soirs, Mardochée vient sans prévenir à ta consultation. Il s'assoit parmi les patientes. Il attend que la dernière soit partie. Sans un mot il t'accompagne dans l'ascenseur puis au parking où est garée ta voiture. Tu repars chez toi retrouver ta femme et tes enfants, une demi-heure de route. Il ne dit rien, ne demande rien, sauf parfois un timide « Tu montes voir maman ? ».

Tu ne montes pas souvent. Tu as des soucis, que tu rumines en silence. Si tu travailles en ville, c'est qu'on t'a écarté sans ménagement de la Clinique d'Occitanie. Sait-il que l'excellent docteur Maman n'a plus de service à lui pour accoucher ses patientes, qu'il doit trouver des lits çà et là, au petit malheur la chance ? Sait-il qu'un soir des médecins de Toulouse ont levé leur verre au départ du Juif ? Bien sûr que non.

Mardochée passe ces quelques minutes avec son fils si occupé, profite de sa brève présence, gauche dans ses gestes. Était-il complexé par toi, par la façade de réussite que pour rien au monde tu n'aurais laissé se lézarder? Tu te souviens avoir voulu partir en voyage en Israël, juste avec lui. Tous les deux. Tu aurais réservé deux chambres au King David de Jérusalem pour une semaine. Tu espérais que là-bas un déclic se produirait entre vous. Enfin vous pourriez vous parler. Mais ce fut impossible. Fréha voulait vous accompagner. Elle s'est opposée à ce départ sans elle. Je me souviens d'une lettre ancienne que tu m'avais adressée. Tu me disais regretter d'avoir si peu parlé à ton père, quand il était encore temps. Tu avais raison.

Réjouissons-nous. Nous avons encore ce temps. D'ailleurs, je fourbis une autre question, elle te fera la journée de demain.

J'aimerais tant que tu dormes cette nuit.

19

Au courrier ce matin, le courrier pour de vrai, celui du facteur déposé dans la boîte, j'ai trouvé une lettre épaisse glissée dans du papier kraft. As-tu parlé à ta famille de notre dialogue ou est-ce seulement le hasard? Un de tes neveux m'a écrit. Emmanuel, le fils de ta sœur Michèle. Nous nous sommes rencontrés une fois ou deux, il y a bien longtemps. Je ne saurais reconnaître son visage mais lui se souvient de moi. Quelqu'un lui a donné mon adresse, toi peut-être, alors tu as eu raison. Sur le rabat de l'enveloppe, c'est écrit à l'encre violette : « Pour Éric, mot de passe Mardochée. » Intrigué, j'ai ouvert précipitamment.

Je découvre une longue missive sur un papier à lettres gris clair et rigide, sept feuillets remplis recto verso de la même encre violette et fluette aussi, comme jetée à la diable sous le coup de je ne sais quelle urgence. À moins qu'elle n'ait été rédigée sur les genoux de ce cousin presque inconnu dans un train brinquebalant. Je me souviens de tes courriers anciens, Maurice, le même genre d'écriture se faufilant dans un trou de souris, impossible à déchiffrer. Tu m'as avoué un jour avoir écrit dans ta vie des milliers de pages, rien que pour soulager tes peines, en prenant soin de te rendre absolument illisible, y compris à tes propres yeux, de peur qu'un regard indiscret, tombant sur ces textes, puisse percer le moindre de tes sentiments.

Mais ici c'est de Mardochée qu'il s'agit. La lettre d'Emmanuel, son petit-fils, adressée à moi.

« Finalement nous avons un grand-père commun. Je dis finalement car cela fait quelque temps déjà que j'ai l'idée ou l'envie de t'écrire et que je ne sais pas comment m'y prendre. Donc, voilà ma tentative.

Un grand-père commun. Mardochée Maman. J'aime énormément ce prénom. D'ailleurs je le porte en troisième prénom et j'en suis très fier. Avant il me gênait un peu mais aujourd'hui je le garde discrètement en troisième position, mine de rien mais là tout de même. Je voudrais bien réussir à parler un peu de Mardochée Maman parce que c'est lui le plus singulier, le plus émouvant, peut-être aussi le plus sage de la famille.

Je trouve dommage que tu ne l'aies pas connu. Je l'admirais pour son humour, sa classe, sa parole, son accent, son affection, son plaisir d'aller marcher dans les rues de Toulouse, de parler à ses copains arabes, à celui qui tient le magasin ici, à celui qui vend des journaux, à celui de la maroquinerie. Pour un gamin, de voir son papy passer des heures, disons des quarts d'heure à parler en arabe avec des inconnus, ça devait être ennuyeux, non? Eh bien non, la langue avait beau être incompréhensible, il y avait dans cette passion du grand-père à la parler tellement de trucs qui passaient qu'on s'en fichait bien d'attendre. Qu'est-ce qu'ils se disaient ceux-là? Qu'avaient-ils de si important à se raconter pour que Mardochée s'arrête là, sous prétexte de rapporter quelques tomates. Près de deux heures pour trois tomates, qui s'en offusquerait?

Je ne comprenais pas bien ses blagues mais on rigolait! Enfants, très enfants (à quel âge, huit ans?), nous dormions mon frère et moi dans le salon marocain de son appartement. Le salon marocain, il n'y a pas plus pratique, on ajoute une couverture, des draps, et hop! c'est parti pour la nuit. Mes premiers matins dans ce salon sont devenus des souvenirs inoubliables et envoûtants. J'entends des murmures, des mots qui me réveillent un peu, assez pour soulever les paupières, me frotter les paupières et essayer de comprendre ce que je vois. Papy est là! Mardochée! Mais il ne répond pas à nos questions. D'ailleurs on n'ose pas les lui poser. Mais qu'est-ce que tu fais, papy? Il est là, tout déguisé, et il marmonne des mots, il a un livre à la main, un drap blanc sur les épaules, petit à petit on distingue mieux, il y a de jolis dessins sur le drap, des lettres bizarres, des franges, des trucs dorés, et du regard papy nous dit de ne pas l'interrompre, il sait qu'on le regarde, qu'on ne comprend pas trop, mais lui il ne veut pas arrêter son truc, car son truc c'est plus important que les mioches éberlués et pleins d'ironie et endormis du matin qui voient d'un drôle d'œil ce bonhomme bredouillant. La langue est inconnue. Ça ressemble même pas à celle qu'il parle avec les copains marocains dans la rue. C'est autre chose, le rythme est plus rapide, les sons plus mâchés, écourtés, ça roule vite, à toute allure même. Et une page de tournée. Et voilà qu'il se met à faire des mouvements. Pas du oup-la-oup, non! Avec la tête qui avance, qui entraîne le haut du buste, et qui remonte comme un ressort, mais en moins mécanique. Il a aussi des lanières noires autour du bras, autour de la main, autour des doigts de la main, tout cela s'enfilant d'une bizarre manière, c'est assez beau même si ça semble faire mal au bras tant c'est serré. Et puis, autour de la tête, un carré qui avance sur le front, des bandelettes qui font le tour du crâne et retombent sur les épaules, puis devant ou derrière le buste, on ne sait plus. Quel déguisement! La main, la tête... Toutes ces choses en noir sont-elles reliées? Et les prières dans ces boîtes noires, que disent-elles?

Mardochée lit les prières, il les dit, il les

énonce, il les marmonne. Il se balance d'avant en arrière. Elles sont écrites de partout sur lui, en lui. Sur ses tephillin attachés à son front. Sur ses tephillin attachés à son biceps du bras gauche, dans sa tête qui comprend la prière, dans sa bouche qui s'agite, dans les sons qui sortent de sa bouche, sur le talet qui le recouvre du haut de la tête jusqu'à mi-jambe... La prière est là, dite, écrite, lue, bougée, inscrite sur la tête, sur le bras.

Quoi d'autre?

Ah oui, les mioches qui regardent Mardochée.

Mardochée a les yeux qui ne sont pas absolument dans la prière, seulement une partie car il lit le texte, lui qui pourtant le connaît par cœur. Peut-être son oreille a-t-elle saisi qu'en dehors de sa prière reviennent des choses, les voix de ses petits-enfants, qu'il aime bien, qu'il amuse de ses jeux. Bon, il n'est pas tout entier dans sa prière mais il doit se ficher de cela. Il est trop sage pour être bêtement puriste. Qui sait en plus si ces gamins ne font pas partie de sa prière...

Quand plus tard ma mère se réveille et que je lui raconte, elle n'est pas étonnée et fait juste : "Ah, tu as vu papy faire sa prière!" Tous les enfants de cette famille ont eu droit à ce spectacle alors, Éric, il fallait bien que je t'en fasse part, non?

D'autres mots, d'autres mouvements, d'autres temps, d'autres mondes, d'autres langues...

À propos de langue, on ne pouvait pas, mon frère et moi, regarder un film à la télé où passait par exemple Anconina. Parce que des Anconina il n'y en avait pas qu'un seul, à Fès. Le boulanger, son fils beau garçon, son frère, sa famille, celui qui avait dit qu'il partirait pour l'Australie, où il a rencontré la fille de machin... Le fil du film se perdait pour nous, mêlé qu'il était de ces histoires de gens, de noms, d'homonymes, d'autres noms qui se baladaient entre l'enquête policière du film et l'enquête sur les souvenirs de ma tante, de ma grand-mère, de ma mère, de Mardochée. Maintenant je comprends que le second scénario était bien plus vivant que celui qui se déroulait sur l'écran de la télé, mais à l'époque je criais : "Eh dites, on pourrait pas un peu regarder Anconina, on comprend plus rien au film!" La vie est plus compliquée pourtant, plus belle aussi, parfois, et on aurait tort d'oublier cette histoire des Anconina d'Australie.

Mais paf! les enfants veulent voir le film, les uns veulent soutenir les enfants parce qu'ils en ont marre des Anconina boulangers à Fès et partis pour l'Australie, mais les autres voudraient bien savoir ce qui est arrivé à la petite cousine, pas celle d'Anconina mais celle de la fiancée d'Anconina. La première? Euh, attends voir, peut-être bien la deuxième, mais enfin, bref, la petite cousine, quoi! Ah d'accord...

Et là, baguette magique!

Le ton a tellement monté que la langue change brusquement. On n'y comprend vraiment plus rien, mais ce qui est sûr c'est qu'ils parlent en arabe et qu'ils sont tous très énervés les uns contre les autres. Ils en ont des trucs pas contents à se dire dans cette langue. On en oublie même l'Anconina de la télé, on sait que c'est foutu de toute façon, et puis on n'y comprenait plus grand-chose, et on est bien embêtés maintenant, on se sent coupables d'avoir causé cette belle engueulade. Ça y va! Les sons, les aigus, les voix qui montent, les visages qui grimacent, les mains qui s'agitent, les corps qui se lèvent des chaises, ceux qui sortent du salon...

Après le tonnerre, ça semble retomber et voilà que réapparaissent des bribes de français, qui d'ailleurs nous concernent. Quand même, il faut pas s'engueuler comme ça devant les enfants. De toute façon il est l'heure d'aller se coucher, le film est fini depuis longtemps, il n'y a plus rien à la télé, et ce n'est pas un âge où on doit dormir trop tard. Allez, bonsoir les enfants, bonsoir maman, bonsoir Fréha, bonsoir Mardochée, bonne nuit sur les tapis du salon marocain, faites de beaux rêves étoilés...

Je crois sérieusement que mon grand-père, ton grand-père, était un sage. Je sais la naïveté qu'il y a à dire cela. Mais malgré cette naïveté et au-delà de cette naïveté, c'était un sage. Il savait bien vivre. Avec sagesse. Avec son hébreu biblique, avec son arabe marocain, avec son français plein d'accent, avec ses mots à lui, avec son humour, avec sa gentillesse, avec ses colères, avec ses promenades, avec sa foi, avec ses doutes, avec sa tolérance, avec Fréha, avec ses enfants, avec moi. Je suis sûr qu'il aurait bien vécu avec toi aussi.

Voilà.

Je t'écris pour te dire ça.

Je te salue.

Emmanuel. »

Plusieurs fois j'ai relu cette lettre avant de la remettre d'une main fébrile dans son enveloppe. J'ai eu cette sensation étrange de soudain connaître Mardochée, et même de le sentir près de moi. Les mots de son petit-fils l'avaient fait revivre. Ce n'est pas facile de loger dans ma mémoire toute cette famille que je pensais si éloignée et même inexistante. Longtemps j'ai cru que tout se parasiterait, la Tunisie de Michel et le Maroc de Maurice, qu'il ne pouvait exister un seul lit pour deux rêves. Je me trompais. Je dois faire de la place maintenant, retenir des noms sans visage, tâcher de démêler la branche Mardochée de la branche Fréha. N'y avait-il pas une histoire à Chicago ?

Je sais que tu ne vas pas me répondre tout de suite. Tu dois être hospitalisé pour trois jours. Tu as l'habitude. Les médecins vont t'examiner, chercher un traitement moins agressif, s'il existe. Jusqu'ici la chimie a plus vite raison de tes forces que de la maladie. Trois jours sans recevoir de nouvelles. Je m'y prépare avec appréhension. Je redoute le moment où plus aucun message ne me parviendra jamais.

Il y a encore peu de temps, je n'aurais pu deviner que tu me manquerais. En réalité, le manque existe depuis le premier souffle et je dois me l'avouer. Cela ne me réjouit pas. Je m'étais cru plus fort, dégagé des contingences de ma naissance. Je mesure cette privation ancienne à ces petits riens qui explosaient dans mes chagrins d'enfant ou dans mes rires, petits riens venus et repartis. Ce matin, je marchais dans la forêt triste de février, un gant d'une main gamine avait été déposé en évidence au bout d'une branche dénudée, les doigts semblant indiquer une direction lointaine. Je me suis souvenu de sanglots anciens pour un gant perdu que tu aurais forcément retrouvé. Et puis cette découverte de mes sept ou huit ans, un jour d'ondée, un méchant bout de fer pendant de mon pépin. « Il faudra réparer la baleine de ton parapluie », m'avait lancé un passant. J'aurais tant voulu te raconter cette découverte épatante : il y avait des baleines dans les parapluies !

Une fois n'est pas coutume, tu viens de répondre par une question à la dernière que je t'ai posée. Je t'ai demandé où tu en étais de ta religion, tu m'écris en lettres capitales : ET TOI, ET TA FOI ?

Je ne vais pas me dérober.

Je ne crois en rien.

Je n'ai pas même confiance en moi, alors un étranger aussi lointain que Dieu...

Tout a commencé par un malentendu.

Il fallait se recueillir à l'église sur des prie-Dieu en bois hérissés parfois d'échardes qui blessaient les genoux. On nous faisait croire que les hosties c'était la vie et elles n'avaient aucun goût. Il fallait incliner la tête et regarder ses souliers, embrasser des inconnus à côté de nous, des messieurs endimanchés au regard sévère ou des vieilles moustachues, au nom de la paix entre les hommes, tu parles. C'était ma punition du dimanche avant que ma mère rencontre notre vrai sauveur envoyé de Tunisie pour remplacer les sermons par des matches de foot. Je ne me suis jamais senti à mon aise parmi les catholiques, ça sonnait faux en moi, tous ces chants et cet amour dégoulinant à condition de ne jamais faire un pas de travers. Avant même de connaître les souffrances que vous causa la religion, à ma mère et à toi, j'étais rétif d'instinct. Une intuition me disait : sauve-toi de là ! Pourtant comme beaucoup d'enfants de mon âge j'avais suivi les cours de catéchisme et caressé l'idée de devenir enfant de chœur comme il existe une dame et un roi de cœur. Mais Juif par ton sang, j'avais tiré la mauvaise carte, on repéra mon manque d'ardeur.

Tu vas sourire, j'y ai pensé récemment en écoutant l'histoire d'un sculpteur inuit venu découvrir la très vieille grotte Chauvet, en Ardèche, aux parois superbement décorées il y a trente-deux mille ans par des artistes capables de figurer des lionnes enlacées, des chevaux au galop, des rhinocéros et des mammouths. Comme il s'imprégnait de ces fresques remontant à l'enfance de l'humanité, ses hôtes lui ont présenté un bloc de talc blanc prélevé dans les carrières de Luzenac, avec mission d'y modeler un phoque en guise de souvenir. L'homme a accepté mais les jours filaient et la pierre demeurait intacte. On s'interrogea, on s'inquiéta. La matière était-elle de mauvaise qualité? L'Inuit manquait-il d'inspiration? Une semaine s'écoula et toujours rien. Gentiment sommé de s'expliquer, l'Inuit finit par donner sa réponse : cette pierre ne renfermait pas un phoque mais un ours, affirma-t-il sans hésiter. Un ours? se sont exclamés ses hôtes. Un ours, a confirmé l'homme du pôle, ajoutant qu'il ne saurait sculpter un animal étranger à l'âme de ce bloc de talc. Instruit de cette histoire, je me suis senti un ours juif ou demi-juif, incapable à jamais de devenir un phoque catholique.

Je suis sûr que tu comprendras.

Je te souhaite du courage pour l'hôpital. Tu as encore un peu de temps et de force pour m'adresser un message sur Chicago.

« En 1933, écris-tu, mon oncle Joseph, frère de Fréha, s'est rendu à la foire internationale de Chicago. Sur un bateau, associé à quatre bourgeois juifs, il a embarqué une montagne de tapis, d'objets décoratifs de cuir et de cuivre, pour les vendre au peuple de l'Illinois. Hélas, la Grande Dépression se faisait toujours sentir et l'aventure se révéla un bouillon monumental. L'oncle écoula des babouches et des babioles. Il se consola en posant sur des photos aux côtés de Johnny Weissmuller et de quelques vedettes. Mais il dut laisser sur place le gros de la cargaison et remboursa de sa poche tous les commerçants de Fès qui avaient soutenu l'expédition en confiant leurs précieuses marchandises. Yehouda, le père de Joseph, vendit tous ses biens pour permettre à son fils de régler la monumentale ardoise. Ses associés s'étaient empressés de se déclarer en faillite pour n'avoir rien à débourser. Mais mon oncle avait mis un point d'honneur à indemniser les Fassis qui lui avaient fait confiance, bien que leurs engagements fussent surtout verbaux. L'honnêteté de Joseph lui a coûté tout ce qu'il possédait et au-delà. Du jour au lendemain, la famille est passée de riche à pauvre. »

À la fin de ton envoi tu ajoutes :

« Je ne me relie pas, je suis un peu fatigué. »

Moi je te relis, Maurice. En effet tu n'as pas relu, sinon tu aurais corrigé, changé le *e* par un *s*. Mais c'est bien ainsi. Lorsque tu m'écris nous sommes reliés. Tu n'as commis aucune faute. Cette fois, c'est l'écriture qui nous relie. J'ai appris que c'était un fil plus solide encore que la vie.

20

Cette histoire de Chicago réveille en moi un mauvais souvenir. L'été dernier, en route pour ta maison d'Espagne, je me suis fait voler mon sac à dos en cuir, que j'avais déposé sur une valise, à la gare de Barcelone. Nous guettions l'affichage des trains pour Cambrils, lieu de ta villégiature. En un rien de temps le sac avait disparu. Quelqu'un était passé comme une ombre et l'avait dérobé. Sitôt arrivés à Cambrils, nous sommes allés au commissariat. J'avais fait opposition sur ma carte bancaire, désactivé mon téléphone portable. Mais l'essentiel était perdu : les notes que depuis nos retrouvailles j'avais rédigées au fil de nos discussions.

Figurait ainsi, avec davantage de détails encore, la mésaventure de Chicago. Mais aussi bien d'autres histoires petites ou grandes que tu m'avais racontées le soir chez toi jusque loin dans la nuit. Toute la maison dormait. Des histoires du Maroc, des histoires de clinique, de Bordeaux, de ta famille, de ressemblances : un cousin Elalouf avec moi, ma fille Elsa avec ta mère Fréha, à cause des pommettes hautes, du regard noir. J'enrageais à l'idée qu'un inconnu avait dû jeter mes précieux carnets au fond d'une poubelle. Ces pages constituaient mon trésor, le premier vrai lien que nous avions constitué mot après mot.

Dans le train qui m'amenait chez toi en Espagne — souvent après mes dix-sept ans des trains m'ont mené à toi —, ce train qui longeait le trait bleu de la Costa Brava, je n'avais de cesse de me remémorer les phrases envolées. Exercice vain et désespérant. Sur un carnet acheté à la hâte en gare de Barcelone, j'ai jeté les mots en vrac comme pour parer au plus pressé, quand tout s'effondre. J'ai griffonné Chicago, les faux dollars de Mardochée, l'oasis du Tafilalet, la grande sœur tuée, La Maréchale Lyautey.

Je me suis souvenu que, dans ces carnets tombés sous le regard de voleurs espagnols qui n'avaient dû y voir qu'un incompréhensible bavardage, j'avais écrit deux pages serrées d'un portrait imaginaire de Mardochée tel qu'il m'apparaissait dans tes descriptions et dans celles de ta sœur Annie. Un matin à Rome, traversant une bibliothèque aux murs boisés, un rayon de soleil tombant à l'oblique sur des lecteurs recueillis, j'avais remarqué un vieil homme à la tignasse blanche, son chapeau de feutre posé à côté de lui. Et, le soleil éclairant son visage, donnant un éclat intense à ses yeux, comme ceux des chats pris dans les phares d'une auto, j'avais reconnu, paisible et absorbée, l'expression de Mardochée. Au moins comme je me la figurais.

Dans l'émotion de l'instant, j'avais noirci ces deux pages comme on dévale une pente, à toute allure, cœur battant, dans un style ample et drolatique, pour décrire ce Mardochée content de sa personne et modeste, friand de blagues, de savoir et de déguisements. Dans les jours qui suivirent le vol du sac, je torturai ma mémoire pour qu'elle me restitue ces lignes désormais vouées au néant. Que ferait mon pickpocket de mes descriptions fleuries d'un grand-père réinventé ? Les phrases qui atterrirent sur mon carnet trop neuf n'étaient que la pâle copie de mon intuition romaine.

Au commissariat de Cambrils, aidé par ta fille Carole, qui savait l'espagnol, et par Paulette, qui ressemble tant à Carole, j'avais détaillé sans grande conviction le contenu du sac volé. Il avait été mentionné que j'étais écrivain, moyennant quoi le commissaire s'était déplacé pour me serrer la main, son inspecteur ayant précisé que son chef raffolait de littérature. De ce moment je garde une plainte rédigée en espagnol, avec la liste établie de mémoire des objets disparus. Mais les notes manuscrites, éparses, décousues, qui jointes les unes aux autres donnaient un aperçu des hommes et des femmes de mes origines, ces mots dérisoires sortis de ma cervelle, je ne pourrai les récupérer. J'inventerai d'autres mots pour tenter de dire les mêmes choses, mais l'original de mes traces si laborieusement reconstituées a disparu.

Bien sûr, les pages que j'ai écrites depuis recouvrent comme une vague les vagues enfuies. Ébranlé par cette perte, j'ai tenté de retrouver le ton et l'énergie qui m'avaient traversé lorsque j'avais esquissé le portrait rêvé de ton père sous le titre *La vie éternelle de Mardochée M.* Mon essai donnait :

« S'il fallait retenir deux ou trois choses au sujet de Mardochée M., disons d'abord qu'il était coquet depuis les pieds jusqu'à la tête, recouverte d'un panama crème importé d'Équateur. Mardochée adorait les petits, avant qu'ils aient atteint l'âge de raison. Ajoutons qu'il chipait son journal au kiosque les jours de shabbat et s'éloignait d'un pas tranquille, le nez déjà dans les informations toutes fraîches, en lançant : "Aujourd'hui on ne paie pas", en bon Juif s'interdisant de manipuler l'argent le samedi, mais n'oubliant jamais le lendemain de revenir régler le marchand, Aldo. Lequel devint son fils spirituel au point de se faire circoncire en se proclamant lui-même Juif marrane, fasciné par ce drôle de petit monsieur à chapeau et accent grave. »

C'était une belle histoire inachevée. Même si j'ai appris depuis que tu t'étais chargé du fameux

Aldo et de son nouveau-né, comme Abraham circoncis le même jour que son fils Ismaël. Parfois je pense à mes mots évanouis en Catalogne. Aurais-je besoin de remplir toutes ces pages si je n'avais perdu ces quelques lignes? Voilà peut-être de quoi se consoler.

21

Deux jours ont passé. C'est toi qui m'appelles.
Ta voix radieuse, légère. Les examens sont bons.
Les tumeurs n'ont pas évolué. Tu es dispensé de
traitement pour trois mois et demi! C'est comme
une nouvelle vie qui soudain s'ouvre à toi. Quel
bonheur tout à coup dans ta voix. Un soulagement enfantin. Tu as beau dire parfois que ça ne
te fait rien de mourir... Tu vas partir sans tarder
vers le soleil. Nice? Non, ton ami Daoudi t'attend au Maroc. Tu prendras la route avec Paulette. Elle conduira. De petites étapes. Tu en
rêves depuis longtemps. Tu vas envoyer un mail
au médecin qui te suit depuis Le Cap, en Afrique
du Sud. C'est lui qui t'avait alerté sur les effets
agressifs de ta chimio. Il a cherché mais n'a
trouvé aucun substitut efficace. Après un sevrage
de plusieurs mois, tu devras sans doute reprendre
le traitement. Mais l'heure est à la joie, tu vas
revoir le Maroc. Ton pays.

Du coup, tu as répondu allègrement à mes

questions sur les femmes de ta famille. Une fois de plus je quitte notre rude hiver de France pour gagner la touffeur marocaine, le ciel bleu roi comme les yeux d'Hanna Cohina, venue à nous sous le nom de Cohen, ta grand-mère maternelle. Hanna était ta préférée. Elle était drôle, faussement naïve, d'une naïveté déguisée, écris-tu. Elle voulait par-dessus tout que tu saches ceci : avant d'être une grand-mère, elle avait été une petite fille. Hanna était facétieuse et tolérante. Tu te souviens qu'elle craignait un peu ta mère. Elle parlait le judéo-arabe, connaissait certaines expressions françaises, avait réponse à tout. L'année où, ayant fait ta bar-mitsva, tu entrepris de jeûner, pour Kippour, elle te conseilla avec le plus grand sérieux de t'abstenir de manger seulement entre les repas. Et c'est ainsi qu'elle vint te chercher à midi pile pour te remplir la panse. Hanna Cohina avait épousé Yehouda Elalouf. Ensemble ils eurent sept enfants, dont je lis les prénoms à voix basse : Mzaltov, Joseph — le père de Michel, ruiné à Chicago —, Jacob, Hassiba, Fréha, Chalom et Raphaël.

Dans la société apprêtée de Fès, ton grand-père était tailleur d'habits indigènes, djellabas et caftans. À la tête d'un grand atelier, il travaillait pour de riches particuliers aussi bien que pour le Palais. Le tailleur du roi fut formé chez lui, ce qui valut à Yehouda le surnom de Maalem, le « maître ». Ton grand-père, fortune faite, acheta une ribambelle de petites boutiques d'un mètre cinquante sur deux mètres cinquante dans la grande rue du mellah. Ses employés y vendirent toutes sortes de tissus sortis de ses métiers. Il créa aussi une entreprise de construction sur la place du Commerce, juste devant l'entrée du mellah. Il bâtit enfin la synagogue qui porte toujours son nom, un immeuble de quatre étages, des appartements, un garage.

De tempérament superstitieux, il estima que sa ruine coïncidait avec le départ de Fréha du foyer. Fréha était sa fille préférée, sa princesse, une gâtée qu'il couvrait de tissus et de cadeaux, qu'elle ne cessa de réclamer toute sa vie à Mardochée, devenu son mari, et plus tard à toi, son fils. Élevée dans l'aisance, elle dévalisait régulièrement les boutiques de son père, escortée d'une couturière de Tanger qui logeait à demeure. Fréha disposait aussi d'un piano et d'un professeur de français. Quant à Yehouda, refusant l'opprobre comme on l'a vu, il préféra dédommager tous les créanciers de son fils. Ce fut son honneur et ce fut sa chute, dont Fréha resta marquée.

Tu te souviens aussi de Mzaltov, la sœur aînée de ta mère. Elle savait par cœur les fables de La Fontaine qu'elle récitait en les mimant. Elle aimait tant les histoires que, une fois débarrassée des tâches domestiques, elle s'isolait avec un roman.

À propos de Fréha, tu te contentes pour finir de ces quelques mots : « Intelligente, mère juive, elle aurait voulu garder pour elle son fils aîné, ou lui trouver une femme soumise. » Nul besoin de préciser que tu n'as pas obtempéré…

Ce matin tu m'as téléphoné. J'ai reconnu ta voix, une bonne voix. Tu goûtes le répit qui t'est accordé. Tu me demandes la date.

— 10 février.

— Alors c'est mon anniversaire.

Je me sens bête. Je ne savais pas que c'était aujourd'hui. Parfois mon ignorance me rattrape par surprise. Allez-vous partir au soleil avec Paulette, comme vous le projetiez? Tu hésites. Tu serais bien allé au Maroc mais là-bas il ne fait pas encore très beau. Tu ne pars pas au soleil. Tu penses au soleil. Cela semble te suffire pour l'instant. Nous évoquons un voyage à Fès au printemps, juste quelques jours. Ou un nouveau séjour ensemble l'été prochain avec tous les enfants, en Espagne ou ailleurs.

Par mail, je t'ai demandé ce qui avait fait de toi un bon accoucheur. Tard dans la soirée j'ai reçu une première réponse. D'abord tu as appris. À La Maréchale Lyautey, on pratiquait un millier d'accouchements par mois. Au début tu étais cantonné au rôle d'auxiliaire. Tu ne perdais rien du spectacle. Puis tu avais toi-même pris en main les opérations, guidé par des sages-femmes pleines d'expérience qui t'avaient enseigné la patience et surtout le respect de l'intégrité d'un périnée. Il s'agissait d'effectuer un travail propre, sans déchirure.

Ta réputation t'avait devancé : le docteur Maman, il ne déchire pas. Il sait précisément quand utiliser les ventouses et les spatules. Il sait surtout éviter de s'en servir. On croirait que son œil entre dans le cœur et les poumons du nouveau-né, dans le ventre de la femme en couches. Il attend, il calme, il rassure, il accompagne. Tout ce que tu as pu donner, Maurice, que j'aurais tant aimé recevoir, moi, ma mère, nous. Ton professeur de gynécologie t'avait chargé de travaux pratiques destinés aux étudiants de quatrième année. À l'aide d'un mannequin, tu leur montrais les différentes présentations du bébé, par le siège, cordon autour du cou, par l'épaule. Tu détaillais le déroulement du travail, les difficultés possibles. « Enseigner est la meilleure école pour l'enseignant », écris-tu.

À La Maréchale, tu avais continué de t'aguerrir au contact de patientes à risque, celles chez qui on avait diagnostiqué un diabète ou de l'hypertension. À tes débuts tu t'obligeais à accoucher deux ou trois primipares chaque jour, ces femmes dont le périnée est rigide, le travail long. Puis est venu le temps des césariennes. Ouvrir un ventre pour libérer un enfant. Tu appréhendais cet acte mais tu le désirais plus encore. Un compagnonnage recommença auprès de tes aînés. Ils ne cédaient pas le bistouri facilement. Tu étais leur aide, un aide apprécié, attentif, sûr et précis, tous te réclamaient au bloc mais jamais pour te laisser l'honneur d'opérer. Le moment finit enfin par venir.

C'était un long week-end. Le docteur Mustapha Benslimane était de garde. Toi aussi. Une chaleur étouffante oppressait la ville. Même l'air de la mer brûlait. À la troisième césarienne, le docteur Benslimane t'a tendu la lame coupante. « À vous, Maman. » Tu as saisi l'instrument et, sans trembler, tu as incisé. Benslimane t'a apporté son aide et ses conseils. Le lendemain, tu savais. Mais tu as inventé une césarienne à ta façon. Et pour cause : tu étais un drôle de chirurgien, qui ne supportait pas la vue du sang. Ni l'angoisse que provoquaient les saignements lorsque le bistouri ouvrait le ventre des parturientes. Alors à force d'observation, césarienne après césarienne, tu as appris à contenir le flot sanguin jusqu'à l'éviter, jusqu'à le faire refluer. Il n'y avait là aucune magie. Tu procédais en douceur à l'ouverture de l'utérus dans son segment inférieur, la zone la moins irriguée. Ensuite tu extrayais l'enfant avec une infinie lenteur. Et c'est ainsi que longtemps après, rencontrant à Estepona ton ancien anesthésiste Felipe Garcia, tu reçus de cet homme le plus vibrant des compliments. « Docteur Maman, t'interpella le praticien, jamais après vous je n'ai vu de césariennes saignant si peu. »

Ta voix, ce soir au téléphone. Finalement vous partirez pour Cambrils, ta résidence espagnole. Tu as regardé la météo. Le temps va se réchauffer à la fin de la semaine. Tu espères dix-sept degrés, un grand soleil sur la mer bleue. Toute ta vie. L'autre jour à l'hôpital de Toulouse, un surnommé Toto est venu vers toi, aide-soignant ou je ne sais. La veille, consultant par hasard son carnet de naissance, il avait vu ton nom inscrit. C'est toi qui l'as mis au monde. Il y en a pas mal comme lui entre la France et le Maroc, jusqu'à un cousin de ma femme né à Rabat qui m'a appris récemment que tu avais suivi sa mère jusqu'à sa naissance... Tu as pratiqué environ dix-huit mille accouchements, près de deux mille césariennes.

Pour la première, tu n'étais pas très fier. Il te fallut deux fois la durée normale, tu voulais que ce soit parfait... Selon toi tu étais un chirurgien moyen, aux gestes limités, et habité par la peur de l'erreur fatale qui t'aurait conduit devant un tribunal. Cette peur qui t'a poursuivi tout au long de ton existence, peur de mal faire, de n'être pas à la hauteur ni à ta place, surtout en France, où il te coûta d'être juif et étranger.

Je sais que la blessure n'est pas refermée du temps où tu t'installas près de Toulouse. L'éternel scénario se rejoua. D'abord la méfiance : quel est ce Juif qui prétend, etc. Puis le succès à mesure que tombaient les préventions. Ce couple exigeant la présence de son médecin de famille — au cas où — et s'excusant après que l'accouchement s'était déroulé au mieux. « Ne nous en veuillez pas... » Tu répondais d'un sourire. Ça passerait.

On te le fit payer. Et tu remâches cette histoire aux accents, moins meurtriers heureusement, du film *Sept morts sur ordonnance*. Michel Piccoli incarnait un cardiologue aux diplômes jugés insuffisants, dont toute l'expérience avait été acquise au Maroc, à Taroudant, un nom que les pontes de province prononçaient avec un mépris infini. Longtemps ce Taroudant m'a taraudé. Tout s'acheva par un dîner chez ces médecins de Toulouse, par un verre levé en chœur « au départ du Juif », par une chaise qui valsa quand une convive, jadis accouchée par toi, préféra quitter la table.

Je me souviens qu'un jour, arrêtés dans une station-service pour un plein, tu m'avais montré une femme dans la trentaine. « Tu vois cette dame, m'avais-tu dit, j'ai mis au monde son petit garçon. » Cela m'avait paru étrange, la manière dont tu disais cela. L'expression n'était-elle pas réservée aux femmes qui donnent naissance à leur bébé ? Tu mettais au monde comme d'autres voulurent te mettre à mort.

Ce fut une mort lente. À cinquante ans tu te retrouvas seul à ouvrir une consultation dans le centre-ville. Tu étais redevenu le Juif errant de

Rabat après la guerre des Six-Jours. Le paria qui n'avait pu, trente ans plus tôt, devenir le père de son premier fils. Des Français t'avaient fait revivre le sort atavique des tiens. À la maternité, le jour de ton départ forcé, jamais tu n'avais réalisé que le couloir était si long. Toutes les portes s'étaient fermées. Nul n'avait osé t'apporter son soutien, pas un mot de réconfort. Toi qui ne parles jamais d'antisémitisme, tu le sentis passer sur toi. Depuis ce drame, qui ne fit l'objet d'aucune ligne dans aucun journal, mais tant de ravages au fond de toi, tu évoques les Français sur un ton où la méfiance le dispute à la déception. Je me souviens : être juif c'est avoir peur.

Tu n'étais plus qu'un remplaçant, celui qu'on appelle au dernier moment, qu'on réveille d'urgence la nuit si le médecin traitant est en congé, celui qui n'a plus de service mais qui rend service à tous, un bon vieux con. Celui qui, lorsqu'il se présente avec ses cheveux blancs et ses défaites dans les yeux, suscite sur son passage la rumeur dépitée : ils n'ont donc trouvé personne d'autre?

Le soir, à la fin de ta consultation, un vieil homme plus vieux que toi venait s'asseoir en silence. Nul ne prêtait attention à lui. Lui ne guettait que toi. Il se levait sitôt que tu apparaissais. Vous n'échangiez pas un mot. Il était là. C'était Mardochée.

22

Ce matin comme par surprise j'ai saisi mon reflet dans la glace. La salle de bains n'était pas très éclairée. La lumière du jour tombait de biais par une brique de verre. Je répétais ce geste si souvent accompli : joindre les deux mains sous un jet d'eau froide avant d'asperger mon visage. Une expression de toi s'est glissée à l'improviste. Une expression étonnée ou amusée, comme si la vie était une plaisanterie. C'était toi, c'était moi. J'ai songé qu'entre nous le temps des soustractions était révolu. Il me fallait accueillir cette ressemblance. J'ai reconnu ton nez, tes pommettes, nos calvities. Cette implantation ridicule des cheveux rescapés sur les bords, soumis aux flèches d'un éternel sirocco. J'étais entré seul dans le reflet de la glace et nous en sommes sortis ensemble. Le moment était venu des additions. Toi et moi. Toi en moi. Maintenant que je me suis rassemblé il me semble que je me ressemble.

Je sais au fond ce qui m'a manqué.

Pas ta piscine, encore que j'aime bien nager.

Pas ton tennis, encore que mon jeu t'eût rendu fou, moi qui ai toujours compensé l'absence de technique par des jambes increvables et un sens des lignes frôlant la perversité, dont tu m'as avoué, ravi, que tu avais le même, avec balles molles et lobs bien ajustés pour déstabiliser ton adversaire qui parfois en cassait sa raquette de rage.

Sans doute m'aurais-tu aidé en maths mais au prix d'une sévérité que je n'ai guère eu à envier à tes enfants.

Je sais ce qui m'a manqué.

L'épaisseur des jours, la fluidité des jours.

Se dire bonsoir le soir, et se retrouver au matin. Les mêmes. Ensemble.

Sans jamais se poser la question de savoir si quelque chose d'autre nous séparerait que le temps qui passe, les petits qui grandissent et les grands qui vieillissent.

Je me souviens d'une nouvelle de Simenon — pas de son titre — où le cambrioleur s'arrange chaque fois pour pénétrer dans les maisons quand les habitants sont là. Ce qu'il vole de plus précieux, c'est la chaleur paisible du foyer. Plusieurs photos de toi me donnent ce vif regret. Tu as vingt-cinq ans, quarante ans. Tu es partout et je suis absent. Nous n'étions nulle part l'un avec l'autre. Le temps qui a passé s'est passé de nous. La vie a suivi son chemin et je ressens à présent ce manque comme le plus merveilleux, le plus accompli des gâchis.

Ce n'est pas faute pour toi d'avoir tenté des rapprochements. Je n'étais pas prêt. Je n'étais jamais prêt. Je ne connaissais alors qu'un seul père et ce n'était pas toi. Les pères n'allaient pas par paire, c'était ainsi. Tu aurais approuvé l'éducation dispensée par Michel, sa manière de dire : « tiens-toi droit » pour corriger la disgrâce d'une voussure qui aurait fait de moi un vieux avant l'heure. Michel m'avait adopté. Il avait accompli cet acte insigne : me donner son nom. Lui qui redoutait la paperasserie plus que tout, il dut signer des déclarations officielles pour me faire sien. Je ne devais pas me montrer indigne de lui. Et pour cela, dans mon esprit trop simple, tu ne devais pas exister. Je ne t'ai pas renié. Je me suis contenté de te nier. Toutes ces années, presque trente, tu n'as plus compté à mes yeux. Si mes livres te dévoraient ou te brûlaient selon mon bon vouloir de romancier, tu ne pouvais revendiquer le moindre lien entre nous. Je pouvais dire comme bon me semblait que tu étais mon géniteur. Tu ne pouvais me revendiquer comme ton fils. Je pratiquais le sens unique. Je prenais ce que je voulais. Tu ne recevais rien.

Jamais je ne t'aurais laissé prendre la place de mon père, que d'ailleurs tu avais la délicatesse de ne pas convoiter. Je ne t'accordais en vérité aucune place. J'avais ma conscience pour moi,

152

quel confort que la bonne conscience. Ce n'était pas grand-chose pourtant. Dans mes collèges noirs de soutanes, on m'avait dressé à aimer avec des préjugés, pas de pitié pour le différent, l'étranger, le tueur de Christ. Je t'avais accablé de tous les péchés de la terre, c'était commode, ça empêchait de réfléchir et de s'émouvoir. La belle affaire. Misérable déni. Ô temps perdu, vie passée, occasions manquées. Maintenant que l'âge nous a rapprochés, que se sont évaporés les reproches, je mesure combien je nous ai punis. J'ai préféré le romanesque à l'abrupt de la vie. J'ai esquivé la vérité. Un père juif marocain nommé Maman, accoucheur de son métier, abandonneur de bâtard, il y avait de quoi broder. Cela faisait une bonne histoire à imprimer. Je ne m'en suis pas privé. Mais à la longue, déroulant à l'infini le fil de l'écriture, la fiction m'a dévoilé notre réalité comme un révélateur fixe une image d'abord tremblée dans le secret d'une chambre noire. Qui avait été abandonné sinon ma mère de ses parents, et toi des tiens? Qui avait souffert sinon vous séparément, puisque jamais vous ne vous êtes retrouvés?

Un mail de toi est arrivé. Tu es sceptique à l'idée que j'écrive un livre sur ta vie. Tu ne vois dans tes propos que banalités. Des grandes familles, à Fès, il y en a eu. Mais pas la tienne. Et ton histoire, sincèrement, qui peut-elle inté-resser? Tu ne comprends pas qu'en l'écrivant,

c'est à ma vie que je donne ses vraies fonda-
tions. Je tisse nos liens. Je remonte à Maurice et
par Maurice à Mardochée. Je suis sûr qu'il serait
d'accord avec moi, ton père qui roulait les *r* par
deux ou trois. Son image me parvient en saha-
rienne ou dans un costume taillé sur mesure, la
tête protégée du soleil par son canotier des
années vingt.

23

Nous remontons le temps. Tu as dix ou onze ans quand un cousin germain de ton père, originaire du Rissani, est annoncé à grand fracas. Il demandait asile dans votre minuscule appartement de Fès. Pour Fréha, c'était hors de question ! Vous dormiez déjà à cinq dans le salon. Ta sœur aînée avait quatorze ans. Il était exclu que ce Macklouf vienne aggraver la promiscuité, qui plus est auprès d'une jeune fille. Au même moment, toute la ville s'indignait de la publicité réservée à un livre scandaleux relatant la vie de Jésus-Christ et qui occupait toute la vitrine de la grande librairie Vigouroux. À la synagogue Serfaty, édifiée par ton grand-père maternel, on s'élevait contre cet ouvrage écrit, c'était un comble, par un Juif qui chantait les louanges du fils de Dieu. Or tous ignoraient que l'auteur n'était autre que le cousin Macklouf.

Avec mon imagination de petit Français, je ne peux penser à lui qu'en doublure de Fernandel en Ali Baba, tressautant sur son âne au milieu d'un désert de carton-pâte. Et comme plus rien n'est étanche entre ton Maroc de carte postale et la Tunisie rêvée de Michel — dont le sourire, je dois le préciser, évoquait à s'y méprendre celui de Fernandel —, j'entends mon père me lancer des « Bourricot, va ! » en découvrant mes piètres résultats de mathématiques.

Mais revenons à ce cousin encombrant arrivé du Tafilalet avec son livre plein d'embarras, un de ces corniauds magnifiques que ton cher Albert Cohen aurait épinglé avec gourmandise comme un papillon pour l'offrir aux sarcasmes de Mangeclous. Fréha, qui ne pouvait pas le souffrir, dut pourtant supporter ses frasques d'impolitesse. N'avait-il pas usé du bidet comme de toilettes ? Et un jour qu'on lui présentait le plat de tafina (tu devras me dire de quoi il s'agit car je me perds) pour qu'il se serve avant de le faire passer, n'avait-il pas lancé un très sérieux « Tout ça pour moi ! » qui vous avait confondus de gêne ?

Ta sœur Anna et toi étiez très curieux de cet énergumène qui s'exprimait dans un français châtié, mettant un point d'honneur à conclure chacune de ses phrases emphatiques par quelques mots d'anglais tels « *My God !* » ou « *Do you understand ?* ». Le matin, torse nu, Ray-Ban sur le nez, il scandait ses exercices appliqués de gymnastique de « *one-two* » très chics. Seul Mardochée savait la vérité. Macklouf, dit Marc, avait été élevé dans une mission chrétienne. D'où son penchant pour le Christ. Dans la journée il portait short blanc et chemise blanche, pédalait sur un vélo blanc de location à travers les rues de Fès, te promenant sur son porte-bagages en t'informant de ses futurs succès de librairie en Amérique avec son *Jésus*, tout en poussant de comiques « Oh la la, quelle chaleur! ». Mardochée trouva finalement la solution. C'était l'été : il proposa au cousin de dormir sur votre balcon. Nul ne sut à la synagogue quel sulfureux personnage vous aviez hébergé...

24

J'ai commencé le ski à presque cinquante ans.
Un plaisir immense et enfantin, dévaler les pentes
alpestres sur un manteau de neige fraîche, dans
le grand soleil d'altitude et le silence tout autour.
À d'autres moments, quand de gros nuages
voilent la lumière en s'affaissant sur les pics, on
voit se composer de véritables Turner, une suc-
cession de gris que transperce un rayon solitaire
et puissant. S'il neige à gros flocons, Natalie
nous entraîne sur les pistes forestières, où l'air
pur charrie le parfum résiné des sapins. Ce
matin des vents soufflent sur les hauteurs. Des
rafales de lombarde venue d'Italie. Le foehn qui
se cogne au mont Blanc et fait jaillir dans le ciel
une cascade bleue. Mon professeur m'apprend
à virer d'une jambe l'autre dans les pentes
abruptes. Plusieurs fois revient cette phrase :
« Tu dois accepter la pente. » J'écoute, j'essaie.
Pressions sur le pied aval, flexion, corps basculé
vers le vide. Accepter la pente. Il ne croit pas si
bien dire, mon jeune moniteur. J'accepte la

pente qui me conduit à toi, aux tiens. À nous. Pas question de tomber, cette fois. Je tiens bon bâtons et dragonnes, le regard fixé vers ce vide qui m'attire parce que tu le combles mot après mot, parole après parole, pas à pas. Ici en hiver on n'enterre pas les morts. Le sol est trop dur à creuser. Trop de neige. Seuls les plus riches les allongent dans des caisses de bois. Les autres les conservent à même la poudreuse. On attend le printemps. Tu vois, ce n'est pas une saison pour mourir.

Toi tu skiais à Font-Romeu, où tu possédais un chalet. En février 2000, un homme t'a percuté violemment. Tu t'es retrouvé au sol, une douleur intense dans le dos. Une radio a révélé une tumeur. Tu n'as plus jamais skié. Tu as raccroché tes bois et gardé dans tes reins la maladie, orpheline que tu as adoptée sans joie, avec courage et fatalité.

Font-Romeu. Longtemps j'ai associé ce nom à l'idée que tu étais un parvenu suffisant et replet, roulant dans sa Mercedes, nageant dans sa piscine, jouant sur son court de tennis et passant ses vacances au bout du monde, quand il ne dévalait pas tout schuss, l'hiver, les pistes de Font-Romeu, station si opulente qu'autrefois on y chauffait même les rues. Comme je m'étais fait du cinéma ! Cette croyance que tu étais riche m'a éloigné de toi, surtout si je comparais ta condition à la nôtre du temps où je vivais avec ma mère. Je te sentais capable de vouloir m'acheter avec ton argent — ce ne fut jamais ton intention, mais je me suis complu dans cette caricature qui me dispensait de creuser un lien qui m'attirait autant qu'il restait un tabou susceptible de déclencher les larmes maternelles si je m'aventurais à prononcer ton nom.

Comment aurais-je pu savoir que cette aisance, fruit de ton travail si prenant, ne suscitait pas en toi cette morgue que donne parfois l'argent. Rien ne t'était dû. Tu avais bataillé, essuyé mille vexations, tu avais pris en charge tes parents et veillé à leur confort, tu avais poussé tes frères et sœurs à entreprendre de bonnes études. Il m'a fallu faire tomber les écailles de mes yeux pour réaliser que ta vie entière avait été tournée vers les autres. C'était un terrible accident de notre histoire qu'elle n'ait pas été tournée vers moi. Mais ma petite tête restait bloquée sur la Mercedes et le tennis. Plus tard, avec mes yeux d'adulte, j'ai pu constater l'usure de la voiture qui datait de tes années marocaines, et les faux rebonds de ton court de tennis, où une colonie de taupes semblait avoir élu domicile. Tu n'étais pas dans le besoin. Ni dans l'ostentation de ces docteurs dont on devine au premier coup d'œil qu'ils préfèrent l'argent à la médecine. Maintenant je sais. Mais pour savoir, il faut accepter d'avoir fait fausse route, de s'être abusé, en un mot il faut se défaire de son orgueil et de ses préjugés pour admettre qu'on s'est trompé. Belle leçon quand elle n'est pas apprise trop tard.

Pendant mes congés nous continuons de nous écrire. Je suis intrigué par ce médecin du Cap qui suit ton traitement à distance via Internet. À tout hasard je t'ai demandé s'il était juif.

Voici ta réponse amusée : « Être ou ne pas être… Attention, c'est un réflexe juif de demander si quelqu'un est juif… Je lui ai posé la question, il a éludé. »

Tu en profites pour évoquer un accouchement que tu fis à domicile dans un foyer de Rabat. Il se produisit une chose inhabituelle. Devant la souffrance de la jeune femme, tu t'étais allongé à côté d'elle, guettant son souffle au plus près. Tu avais suivi le déroulement de la naissance en appréciant la force des gémissements, guidant par ta voix la future maman à travers sa douleur. L'enfant parut enfin. Il était très tôt le matin. On te servit un plat spécial réputé fortifiant, un couscous sucré dont le goût t'est resté jusqu'à ce jour, et j'ai l'impression d'être avec toi il y a longtemps, à partager ce festin de roi, chacun piochant à la cuiller dans le plat fumant sous l'œil las et tranquille de l'accouchée. Le plat porte un nom très doux : le sellou. Délicieux mélange de graines de sésame grillées, de cannelle en poudre, d'amandes, de miel, un soupçon de gomme arabique et de beurre. Des sellous, tu te souviens en avoir mangé de fameux en d'autres circonstances — les soirs de ramadan. Mais aucun n'avait cette saveur exacerbée par le regard paisible et reconnaissant de la jeune femme avec son enfant. À cette époque bénie, on te réclamait avec tant d'insistance que, si d'aventure tu t'absentais quelques jours, les femmes sur le point d'accoucher t'attendaient, t'attendaient. Tu t'es toujours demandé comment elles s'y prenaient pour maîtriser le cours naturel des choses.

Comme te voilà en appétit, tu complètes mes connaissances culinaires en détaillant par le menu la fameuse tafina que ton épatant cousin Macklouf, dit Marc, avait inopportunément voulu s'arroger entièrement. Appelée skhina à Fès, la tafina est le plat traditionnel du shabbat. Elle se compose de pommes de terre, de patates douces, d'œufs, de blé, de riz, de pois chiches, de viande de bœuf, d'une unique grosse boulette de viande, le tout dans une marmite qui cuit à petit feu du vendredi avant la tombée de la nuit jusqu'au lendemain midi. Le mets prend alors une couleur beige, caramélise un peu. On en remange le dimanche et chaque jour de la semaine les gens parlent du goût et de la qualité de cette skhina. Certaines femmes, précises-tu, la font bien mieux que d'autres. Toi, tu préférais celle de tes tantes (je devrai me reporter aux prénoms féminins que tu m'as transmis, ceux des sœurs de Mardochée et des sœurs de Fréha)…

Ne t'alarme pas de mon obsession à vouloir retenir ces noms de plats ou de lieux ou de fêtes ou de cousins. Pour moi ce qui est précis est précieux. Pour une fois que je dispose d'informations fiables qui dissipent enfin le flou de mes origines. Longtemps j'ai eu faim et soif sans savoir que j'avais et faim et soif. En écrivant à mon tour ces noms oubliés ou dérisoires, en vérifiant l'orthographe de ces mots usuels au Maroc ou le sens de cérémonies inconnues de moi, je me convaincs que tout cela a bien existé, que mon histoire est vraie.

En réalité, Maurice, nous revenons de loin. Je me souviens de mes cahiers d'écolier. De la fiche à remplir le premier jour. Profession des parents. Du père ? Je crois qu'au début je laissais la ligne vide. Une année, j'avais sept ou huit ans, j'ai écrit : « inconnu ». Une autre fois j'ai simplement tracé la courbe d'un point d'interrogation, signe que je me posais des questions, la question, sans oser la formuler. À la télévision je m'étais pris de passion pour *Belle et Sébastien*. Au début de chaque épisode, la mère de Mehdi, qui était le petit héros, présentait les aventures de ce jeune garçon sans père qui cherchait à exister parmi les hommes. J'en avais la chair de poule. Ma propre mère m'avait appris que Mehdi était le fils d'un personnage important du Maroc, un glaoui. Son intonation l'avait-elle inconsciemment trahie ? Comme je me suis identifié à Mehdi !

Avec plus de vocabulaire, j'aurais pu évoquer « ce vagabond, ce disparu » de la chanson de Barbara *Nantes*. C'était commode, cette vie de non-dits. Je ressentais la souffrance de ma mère, ses impatiences, ses difficultés à trouver un bon travail sans le bac — son bac ce fut moi, on avait tout faux tous les deux, pauvre maman. Et toi, père inconnu de moi, qui te morfondais à La Maréchale, ouvrant des ventres pour laisser passer des vies quand ton fils passait par d'autres mains, si gauches, dans cette maternité de Nice où je suis né, que ma mère en sortit déchirée. Je souligne ce mot : ma mère sortit déchirée, et pas seulement du fait de la maladresse d'un accoucheur débutant.

Un jour à la ligne « Profession du père » j'ai eu le droit d'inscrire un mot, et quel mot, du ronflant avec une ribambelle de lettres dont le K qui vaut dix points au Scrabble : « kinésithérapeute ». Voilà qui me posait là. On remplaça mon nom qui n'était pas le tien par un autre qui ne serait jamais le tien. De ce jour j'ai estimé que tu n'aurais plus aucun droit sur moi.

Ce soir, valeureux pantin qui s'accroche aux fils invisibles de la vie, tu me dis avoir parcouru un kilomètre sur ton tapis roulant — que n'est-il volant pour te déposer sur les hauteurs de

Fès, aux Ménérides de ta jeunesse. La voix assourdie par l'effort, tu espères toujours gagner l'Espagne à la fin de la semaine. Moi je revisite notre désert. Je n'ai permis aucune critique, aucun geste. Le jeu consistait à ne rien accepter ni tolérer. À quoi servit cette intransigeance, sinon à nous éloigner davantage? Aujourd'hui de ma bêtise les mains m'en tremblent. Ayant cessé d'être jeune, j'ai cessé d'être bête.

Tu étais un Juif du Maroc. Moi un jeune Français à peau claire que le soleil brûlait. En Afrique, on dit : « cochon gratté ». Il n'est pire sentiment que de se sentir dans son bon droit. Je pouvais impunément exercer mes sournoises vengeances, par omission, par négligence. Je n'avais pas la moindre chose à me reprocher.

Tu n'allais pas te plaindre.

Tu craignais tant de me perdre.

Envers toi je n'étais obligé à rien.

Tu ne m'as jamais abandonné.

Moi si.

25

Notre fil s'est cassé. Tu es arrivé à Cambrils. Pas d'ordinateur pour correspondre à distance. Est-ce la tempête qui a ravagé le littoral? Ta ligne espagnole semble en dérangement. Toujours occupée. Je me demande à quoi tu t'occupes. Avant ton départ je t'ai reparlé du livre, de ce livre. Il a été question d'en publier des extraits dans *La NRF*. Tu connais bien cette revue. Dans ta jeunesse elle était si glorieuse, inaccessible. J'ai senti ton émotion. Ta crainte aussi. De quoi? De rien de précis. Toujours cette bonne vieille peur qui te poursuit depuis l'enfance, l'accident d'auto d'Annette, les raclées des gosses d'Européens à la sortie de la synagogue. Je sens ton appréhension. *La NRF*? tu m'as dit : « C'est ton histoire. » C'est toi qui décides. C'est décidé. Trop longtemps ton nom propre a été un nom sale. Sali par mon ignorance.

J'ai souffert de ton absence.

Puis de ta présence.

Puis de notre ressemblance.

Enfin j'ai choisi de ne plus souffrir. J'ai accepté ta présence, la ressemblance, nos vies entremêlées. J'écorche toujours les mots juifs. Je ne sais jamais s'il faut dire « paracha » ou « pachara » pour la prière du shabbat et j'hésite sur le jour : vendredi ou samedi? Mais l'essentiel est ailleurs : j'accepte la pente qui me mène à toi, et tu te moques bien du mauvais Juif que je suis, Juif par le père.

Autrefois, ma grand-mère me désignait comme un enfant débrouillard et moi, roi du malentendu, je croyais être un enfant des brouillards, perdu au milieu de ses origines. Voilà que le voile se déchire, pas besoin de couteau. Grâce à toi, je comprends qui je suis. Si comprendre c'est aimer alors l'amour s'approche avant que tu t'éloignes.

Ta ligne de téléphone est enfin libre.
Ta voix est toute proche, très enjouée.
Carole t'a donné un nouveau petit-fils, Camille.

Le grand soleil agit sur ton moral. Tu batailles contre la maladie. À t'entendre c'est à peine un mauvais rhume. Aujourd'hui Paulette et toi vous irez aux thermes de Cambrils, tu penses que cette chaleur te fera du bien. Tu me parles de tes oncles, ces valeureux d'Albert Cohen réincarnés dans les deux Charles, deux nonagénaires ou quasi, l'un côté Mardochée, l'autre côté Fréha. Le premier vient de perdre l'usage de la parole après un accident cérébral. C'est un drôle d'oiseau, ce Charles. Il est en réalité un cousin germain de treize ans ton aîné. Il a été élevé avec ton père par ta grand-mère Zohra. Le jour de Yom Kippour tu étais chargé d'aller le chercher. Il insultait la religion et ses contraintes. Il ne te suivait pas avant d'avoir bu son café puis il râlait de plus belle. Plus tard, à Paris, dans le quartier de Charonne, il ouvrit une boutique de vêtements devant laquelle il restait posté comme pour décourager les clients. Il lui arrivait même de les rabrouer si, trop insistants, demandant à essayer un autre modèle que celui de sa vitrine, il répondait sèchement que c'était celui-ci ou rien. Sa vitrine, parlons-en : poussiéreuse, hérissée de fils électriques laissant croire à la présence d'une alarme, elle ne donnait guère l'envie de s'aventurer à l'intérieur…

Le grand plaisir de Charles, c'était de coller n'importe qui passait à sa portée sur l'Histoire de France. Il avait ingurgité les centaines de pages du manuel Jules Isaac (connu sous l'appellation Malet & Isaac mais mentionné par lui du seul nom d'Isaac). Bien sûr, il contestait avec emportement les thèses défendues. Selon lui, jamais la France n'avait remporté une seule victoire militaire. Jamais. « Même à Valmy », affirma-t-il la dernière fois qu'il parla avant d'entrer dans un grand silence. Tu évoques avec tendresse et amusement ce personnage singulier. Tu as même vérifié qu'à Valmy, tout compte fait, ce ne fut pas vraiment une victoire des Français contre les Prussiens, plutôt un match nul… Charles avait sans doute raison, et des raisons de vouloir avoir raison. Il avait obtenu son certificat d'études à treize ans. Sa précocité avait provoqué un malheur : elle l'avait rendu catégorique. Il prétendait des choses curieuses en dépit du bon sens. D'un mur noir il soutenait qu'il était blanc, et rien ne le faisait changer d'avis. Tu te souviens de l'époque où, d'après lui, il fallait impérativement détenir de la lire pour garantir sa fortune. La lire était sans raison la meilleure monnaie du monde. Charles a toujours affirmé que je n'existais pas. Non qu'il eût développé à mon endroit la moindre hostilité. Seulement Mardochée lui disait tout depuis leur prime jeunesse. Jamais il ne lui avait rien caché d'important. Si Mardochée n'avait guère jugé utile de lui mentionner mon existence, c'était donc que je n'existais pas.

Quant à l'autre Charles, du bord maternel… Ce sera pour une autre fois. Tu as déjà beaucoup parlé. Avant de raccrocher tu m'apprends qu'en 1973, lorsque, à peine arrivé en France, tu fis construire ta maison, tu me destinais la chambre du haut. Dans ton esprit elle me reviendrait. Je ne l'ai jamais occupée plus de deux ou trois jours. Tu l'avais prévue pour moi alors que tu ne m'avais jamais vu, dans un temps où je n'étais pas encore venu à ta rencontre.

Pourtant cette chambre, je m'y suis toujours senti bien. Comme chez moi.

Cette nouvelle, apprise en passant, me remue. Ainsi pensais-tu à moi. Je mesure combien Paulette a été compréhensive pour accepter qu'avant elle ait existé un grand amour inachevé, un enfant tout à fait achevé pour sa part et qui, c'était couru d'avance, finirait par venir sonner à ta porte. Tu reconnais qu'en réalité, à ma première visite, forte fut ta tentation de m'attirer à toi. Mais le pouvoir de Michel sur moi était trop puissant. Tu as su te tenir, souffrir en silence, trente ans de plus, une paille.

Il est vrai que, de mon côté, j'étais venu voir ta tête, juste ça. Je le claironnais autour de moi. Je l'avais répété à mes parents pour minimiser ma démarche à leurs yeux, aux miens aussi peut-être. « Seulement voir sa tête, à quoi il ressemble. » C'est aussi ce que je t'ai dit. Ces mots ont pu te déconcerter. Tu n'avais pas une tête coupable. J'aurais préféré. Cela m'aurait simplifié l'existence.

Je me souviens du jour où, bien plus tard, captant mon reflet dans la vitrine d'un magasin de prêt-à-porter, l'orientation des miroirs me montrant ma silhouette et mon regard de biais, j'avais saisi à m'y méprendre ta propre expression. Ce fut pour moi un tel choc, un de ces événements silencieux qui vous ébranlent plus qu'une explosion, que je me mis à me guetter à la devanture d'autres magasins ou dans les vitres des bus à l'arrêt. L'effet ne se produisit plus aussi nettement, mais c'était une donnée nouvelle à laquelle je devais m'habituer. Ta tête que j'étais curieux de voir adolescent, curieux comme on épie le spectacle d'une bête curieuse, cette tête était désormais la mienne. Et les années n'allaient pas cesser d'accentuer la confusion, de l'aggraver. Comme si par transparence ton visage s'était glissé sous le mien.

26

Un courriel de Rome, ce soir. C'est ta sœur Annie, dont l'adresse électronique porte le prénom Anna. Je ne sais toujours pas si le glissement d'Annie à Anna cache un lien avec votre sœur disparue. Annie m'envoie ce qu'elle appelle un CV de Mardochée. Vous avez revu les dates ensemble, précise-t-elle. Il en ressort que Mardochée est né en mars 1909 à Fès, dans un quartier perdu du mellah appelé le Nouawel. C'est la première fois que je rencontre ce mot. Né le jour de la fête de Pourim, commémoration d'un épisode qui aurait pu être tragique pour les Juifs, Mardochée était gai et très sérieux en même temps. Dès sa naissance il fut allergique au lait maternel. Son père fit donc amener une chèvre dans la cour de la maison, qui rassasia le nouveau-né.

Mardochée devint le favori de sa mère, d'abord à cause de cette intolérance au lait, qui exigeait des soins accrus. Aussi parce qu'il arriva en sixième position dans une famille qui allait compter huit enfants, avec une majorité de filles. Selon Annie, ses deux frères avaient quelques vices répréhensibles, l'un était filou, l'autre trop joueur. Seul Mardochée semblait parfait... Dès l'âge de cinq ans l'enfant se rendait chaque jour à la synagogue où il apprenait l'hébreu et étudiait la Torah, pour la plus grande satisfaction de sa mère qui, n'oublions pas, était elle-même fille de rabbin. Son père Yahia ne goûtait guère la vie mondaine de Fès. Autant que possible il travaillait au bled, exploitait ses champs et ne rentrait chez lui que pour les fêtes et parfois le shabbat. Le reste du temps il vivait retiré dans sa ferme. Mardochée le voyait rarement. En 1946, il se produisit un épisode resté mystérieux. Mardochée intenta une action en justice pour se voir indemniser des torts qui lui avaient été causés pendant la guerre. De quels torts s'agissait-il? Annie se souvient que son père attaqua l'administration française. Il eut même son nom dans les journaux. Elle a retenu ce titre curieusement libellé : « C'est la fin de la guerre et M. Maman a enlevé son manteau de neige ». Dans son courriel Annie me promet de creuser cette histoire dont toi, Maurice, n'as aucun souvenir. « Je comprends que le blanc et la neige symbolisent l'atmosphère glacée de la guerre, ajoute Annie. Le manteau est la couverture dont se servait mon père pour se cacher ou pour se taire. Après la guerre il n'a plus eu peur de s'exprimer, il a donc ôté son manteau blanc. »

Cette année 1946, Mardochée ouvre un autre

dépôt de bois et de charbon rue Cuny, dans la ville nouvelle. Il y restera jusqu'en 1968, époque où les Juifs se sentiront indésirables au Maroc. Sa situation financière s'est améliorée. Étudiant en France, tu n'en as pas profité. Au bout de plusieurs mois passés en France, Mardochée et Fréha ont regagné le Maroc, qu'ils quitteront définitivement en 1973. Tu as trouvé pour ton père un poste à la compagnie nationale de bois et charbon, la Sococharbo. En France, tes parents s'installeront d'abord dans la Drôme, où vit une de leurs filles. Mais Mardochée déprime à Valence, dont il ne supporte pas le climat. Il se sent seul, pleure ses amis. Deux ans plus tard, tu les loges dans un appartement à Toulouse, où ils vivront enfin heureux jusqu'à leur mort.

La précision des dates me saisit. Je réalise qu'en 1977, lors de ma première visite chez toi, tes parents et toi habitiez la France depuis à peine quatre ans. Vous vous sentiez encore des exilés. Jamais je n'aurais imaginé qu'alors tu étais si peu français. Finalement, dans ce froid de l'hiver 1977, ma sensation de n'être pas à ma place était sans doute moins douloureuse que la tienne.

27

Depuis plusieurs jours je vis au ralenti. Est-ce l'air gelé de mars en dépit d'un grand soleil? Mes bronches sont en feu et je respire avec peine. Je me sens courbatu comme un vieillard. Chaque fois que je suis malade, je touche du doigt ma fragilité. Je suis irritable, impatient, vexé de ne pouvoir bouger qu'au prix d'un gigantesque effort, qui m'épuise et me coupe le souffle. Pas question non plus de te téléphoner, ma voix est si caverneuse qu'elle mettrait en fuite un troupeau de mammouths!

Je traverse ces jours inutiles habité par d'étranges pensées dont je ne distingue pas bien si elles accompagnent mes rêves ou ma somnolence éveillée. Une bronchite à complications vous isole du monde. J'imagine ce que ta maladie peut produire comme dégâts. La vie continue autour de moi. J'entends les bruits de la ville assourdis, mes enfants jouent, crient, rient. Moi je suis échoué, attendant que mes forces reviennent.

Mes étranges pensées sont plutôt des images qui se disloquent à peine formées. Je distingue l'oasis du Tafilalet. Je vois des caravanes chamelières, de grandes plaques de sel ficelées au flanc des bêtes, un gamin qui les poursuit, est-ce mon arrière-grand-père Yahia ? Je sens une odeur de cuir. J'entends le martèlement sourd et lancinant des artisans sur leurs plateaux de cuivre. En m'offrant sa Tunisie natale, Michel m'avait rapproché des miens, des étendues désertiques qui couvraient le sud du Maroc. Il m'a fallu découvrir cela tout seul, au terme d'une quête qui me conduit aux deux tiers de ma vie. J'aimerais me rendre là-bas, avec toi, Maurice. Sur les lieux du commencement. Nous serions deux grains de sable que le vent rapporterait à leur point de départ.

Tu me téléphones dans la soirée pour prendre de mes nouvelles. C'est le monde à l'envers. Ta voix est claire et légère. Vous profitez de la ville, déserte en cette saison. Vous dînez souvent au restaurant, tu adores le poisson, la paella. Tu vas devoir rentrer en France bientôt. Une séance de perfusion est prévue. Tu es un peu en retard. Quelques examens aussi. Tu es avare de détails. De mon peu de voix je t'interroge sur le prénom de ta petite sœur : Annie, Anny, Anna ? Mon sentiment était juste. À sa naissance, le médecin a suggéré à tes parents de l'appeler Anna, du prénom de votre grande sœur morte accidentée. Il a ajouté que son deuxième prénom pourrait être Renée. Une Anna « renée » en une autre Anna.

Je me demande comment Annie a vécu avec ces prénoms par procuration, quand elle a connu leur sens. Nous n'avons pas poursuivi. Tu me racontes tes années de dèche à Bordeaux, tes difficultés à te faire verser ta bourse annuelle de 720 francs par le consulat du Maroc. Le consul avait de gros besoins d'argent et ne lâchait les espèces qu'au compte-gouttes avec un retard insupportable pour les malheureux étudiants étrangers. Tu connaissais chaque mois l'humiliation de demander à quelques copains de promotion des avances en liquide que tu t'empressais de rembourser quand enfin la somme due par le consul t'était en partie versée.

Tu te souviens qu'une quinzaine d'années plus tard, installé à Rabat, tu découvris dans *France-Soir* qu'un étudiant marocain avait assassiné le diplomate indélicat, poussé au désespoir de ne pas obtenir l'argent de sa bourse. Dans notre conversation décousue où je t'écoute surtout parler, tu évoques de nouveau tes oncles, l'esprit impossible de ce Charles qui, à chaque interlocuteur, commençait par lui dire qu'il avait tort. Nous nous quittons sur ces paroles, et je garderai toute la soirée à l'esprit, la fièvre aidant, des images confuses : Anna-Renée, un étudiant pauvre aux accents de Raskolnikov, et une voix aigre qui répète : « Tu as tort. »

28

C'est un matin de convalescence. De la fièvre encore un peu, des courbatures, une toux asséchée qui continue de brûler mes bronches. Face au lit de ma chambre, une vieille cheminée au foyer fermé par un rabat métallique. Malgré les volets clos, je distingue dans la pénombre une flamme qui vacille et jette par intermittence des éclats fauves. Ouvrant les yeux plus grand, je découvre un plateau de cuivre rectangulaire, debout sur sa largeur, que Natalie a dû déposer pendant mon sommeil. C'est un plateau somptueux, tapissé dans la partie creuse de clous à tête dorée, et finement sculpté en son milieu comme sur le rebord, une dentelle de métal. Je me souviens du jour où tu as insisté pour que je l'emporte. « Il est beaucoup trop beau, avais-je protesté, et Paulette doit y tenir! » Il n'y avait rien eu à faire. Tu avais reçu ce présent d'une famille de Rabat au lendemain d'une naissance. En me le donnant, croyais-tu réparer un peu le fiasco de la mienne? Peu importe. Natalie et moi avions remercié. Jamais nous n'avions tenu entre nos mains plateau si ouvragé, si rare dans sa forme, comparé à la quantité industrielle de plateaux ronds aux ciselures grossières.

C'est le soleil du matin qui, dardant la pointe de ses rayons sur l'objet, a déclenché ce minuscule incendie dans la chambre. Il propage de douces lumières couleur de miel et me signale ta présence. Dans ce jet doré se découpe une autre forme, verticale elle aussi, d'une nature différente. Habituant doucement mes yeux à l'obscurité, je découvre une superbe sculpture de bois flotté. Du bois rescapé de la Méditerranée. Je connais bien cet objet. Ce sont comme deux pieds noueux qui s'élèvent vers le ciel tout en s'enlaçant. On peut, avec un brin d'imagination, y voir un couple, des gestes tendres, une danse amoureuse. C'est un cadeau de ma mère, l'une des innombrables sculptures nées entre ses doigts qui ont longtemps peuplé son atelier de Nice et son appartement de la Promenade des Anglais avant son retour à La Rochelle. Ainsi devant cette cheminée éteinte brûle un feu indomptable entre mon père et ma mère. La vie les a séparés brutalement mais là, dans cette pièce qu'ils ne connaissent ni l'un ni l'autre, ils sont ensemble pour la première fois sous mes yeux incrédules, où je sens monter la tristesse et la joie.

Au plafond, l'imperceptible balancement d'un lustre couleur chocolat laissé ici par les anciens propriétaires. Un lustre semblable à une cage à oiseau ouvragée, métal ciselé et ajouré, avec huit côtés de verre taillé en forme de minaret. Aucun doute possible, c'est une lampe marocaine qui veille sur mes nuits.

Plus tard dans la journée, classant de vieux papiers, je suis tombé sur une chemise remplie de lettres dont j'ai aussitôt reconnu l'écriture, serrée à l'extrême. Des pages illisibles, que j'ai pourtant su déchiffrer sans trop de peine. Ce sont les lettres que tu m'as envoyées pendant plus de trente ans, miraculeusement soustraites à ma négligence. Une douzaine de lettres. Des très brèves — « Renvoie-moi toutes mes lettres » (après un énième malentendu entre nous; je n'ai pas obtempéré et pour une fois j'ai eu raison). Des très longues. Des souffrantes. Des amusantes. Des didactiques. Des déçues. Des impatientes. Et puis de ce petit paquet s'est détachée une feuille d'ordonnance à ton en-tête.

Docteur Maurice Maman
Gynécologie-obstétrique
Sexologie
Consultations : les après-midi sur rdv.
36 route d'Eaunes
Muret.

Cette ordonnance est libellée comme suit :

« Monsieur Éric F.

. Glucose
. Triglycéride
. Cholestérol HDL et LDL (Peut-être le mot
"sanguin", je n'en suis pas sûr, puis la mention
"à jeun".)

. Aspect du sérum
. Trans… (La suite est vraiment illisible.) »

Maintenant cela me revient.

Fin 1997, tu as été victime d'une attaque cérébrale. Artères bouchées, taux alarmant de cholestérol. Tu as subi un examen très dangereux,
une aiguille enfoncée dans la région cervicale,
pour évaluer les dégâts.

Mais une chose ne va pas sur cette ordonnance
pourtant irréprochable. La date. Elle est fausse.
Ou alors tellement vraie que j'en frémis. C'est
une date anachronique surgie de ton cerveau
blessé après l'attaque. Ton accident s'est produit
dans les derniers jours de 1997. Et, en haut à
droite, tu as écrit très lisiblement, pas d'erreur
possible : le « 15-01-77 ».

77 ? Pourquoi es-tu revenu vingt ans en arrière ?
Sur le coup je n'ai pas compris. J'ai cru à une
étourderie. Une sorte de lapsus temporel. Tu es
tête en l'air et moi aussi. Mais soudain une lueur
a traversé ma mémoire, précise comme l'éclat du

soleil sur ton plateau de cuivre. Le 15 janvier 1977 je suis venu te voir pour la première fois. Tu as découvert mon visage, mes jambes marocaines. Après, des années durant, je n'ai plus donné signe de vie. Mais cette date t'a marqué comme un nouveau faux départ, un espoir mort-né. Avec cette ordonnance curieusement antidatée, tu n'as commis aucune erreur. Tu as repris cette consultation suspendue. Tu as recousu le temps. J'étais encore ton enfant de dix-sept ans à peine venu et déjà disparu sans un mot d'explication.

29

Est-ce le mal qui attaque mes bronches, je dois reprendre mon souffle avant de continuer. Dans un rai de lumière la poussière volette autour de moi. Ces lettres m'oppressent un peu. Pas tant à cause de ce qu'elles contiennent. Quelques rappels à l'ordre. Un « Tu dois changer de comportement », suite à un nouvel échec dans ma vie personnelle. Je me souviens qu'un jour tu as prononcé à mon propos cette phrase qui m'a transpercé : « Maintenant je referme la parenthèse. » Elle ne figure dans aucune de tes lettres. Elle est gravée dans mon esprit. Et pendant ces jours de fièvre où je tâche de recouvrer mes moyens, elle flotte dans le ciel de ma chambre, pareille à un nuage qui ne cesserait de repasser au-dessus de ma tête. Sans doute était-ce de ta part un accès de mauvaise humeur sans conséquence. Après tout je ne t'ai jamais ménagé. Une lettre ultérieure essaie d'effacer, de réparer. « Je ne me rappelle pas t'avoir dit cela, m'écris-tu, mais c'est bien dans mon style de dire une phrase assassine quand je m'emporte intérieurement. Je la regrette vraiment et te prie d'essayer de l'oublier car je n'ai jamais cherché à t'effacer de mes pensées ni à te priver de mon affection. J'aurai beau t'expliquer notre histoire, la mienne, celle de ta mère, la tienne, tu resteras profondément marqué par un sentiment d'abandon de ma part. »

C'est dans cette lettre, rédigée comme toutes tes lettres sur du papier quadrillé avec marge, arraché peut-être à un échéancier, que tu reviens sur ton père, dont tu ne m'as jamais écrit le prénom. Tu me dis avoir eu la chance d'être très aimé par lui et aussi par ta mère, au point de provoquer la jalousie de tes frères. Pourtant à la mort de Mardochée, tu as réalisé que vous n'aviez pas assez parlé ensemble. « Aujourd'hui il me manque et je le pleure. » Tu le redécouvres à travers ce que t'en dit Aldo le marchand de journaux. Cet Aldo devint le confident et le fils spirituel de Mardochée. Au point de décréter un jour qu'il était Juif marrane — un mot que tu ne m'as toujours pas expliqué —, et que tu devais le circoncire. Ce petit bout de chair à enlever, signe que l'homme ne naît pas parfait et qu'il doit s'améliorer tout au long de sa vie, personne n'a même songé à m'en débarrasser. Tombé du côté des cathos, j'étais condamné à l'imperfection.

Cette lettre est plus importante que je ne le croyais à première vue. Elle doit remonter à 2001 ou 2002, aucune date ne figure, mais tu es au début de ta maladie. J'ai dû manifester l'intention de te revoir. Je réalise que j'ai chaque fois pris l'initiative et de me rapprocher et de rompre sans cesse. Tu notes : « J'ai lu ton dernier livre. Il est bien écrit mais quelle souffrance ! Je sens dans tes romans mon ombre planer. Un jour ou l'autre il te faudra "tuer le père" (en écriture seulement...) pour te libérer de ce poids. Tu souhaites venir me rendre visite. Laisse-moi le temps de me faire à cette idée. Chaque fois que tu es venu, j'ai éprouvé un grand bonheur. Mais ensuite tu disparais pendant cinq ou six ans et j'en souffre. À présent je suis diminué. Moi qui étais si fort j'encaisse moins bien. La maladie m'a brusquement projeté du deuxième au quatrième âge. Mon image n'est plus la même et il me faut m'habituer à l'idée de me montrer à toi sous un nouvel aspect physique. » Tu conclus : « Le bonheur de te voir me fera dépasser ces appréhensions. »

J'essaie de remonter le temps. Près de deux années ont passé entre cette lettre et nos véritables retrouvailles. Je suis soulagé de penser que nous avons pu renouer des fils à ce point distendus. Pour « tuer le père », je devais l'avoir vivant devant moi. Tu n'as jamais été aussi vivant. De loin ton écriture est très belle, régulière, bleue, légèrement inclinée vers la droite comme une vague sous la houle. Mais il ne faut

pas s'y fier. Le détail est illisible. Lettres tor-
dues, escamotées, formées à demi ou pas formées du tout. « J'espère que tu pourras me lire,
t'excuses-tu. J'essaie de faire un effort. J'ai assez
fait souffrir les pharmaciens, qui avaient un mal
fou à me déchiffrer. » Tu n'avais pas à t'inquiéter. Je me suis longtemps demandé d'où me
venait mon « écriture de toubib », comme disait
ma mère. Maintenant je sais et cela me fait sourire. Tes gènes, tes gènes, tes gènes…

   Je déplie les autres lettres et c'est comme si
je les lisais pour la première fois. Dans l'une
d'elles, assez brève, tu racontes un voyage en
Andalousie. Tu vas vendre ta maison d'Estepona, trop loin désormais, maintenant que des
soins te requièrent souvent en France. « Nous
avons revisité lentement les lieux que nous
aimons le plus, écris-tu : les villages blancs près
de Cadix, Cordoue et son étonnante Mezquita,
Séville et sa Juderia, sœur jumelle de mon
mellah de Fès. » Tu termines en me livrant une
phrase que tu attribues à Aragon : « Le temps
d'apprendre à vivre, il est déjà trop tard. »

   Dans un autre courrier non daté, toujours la
même écriture inclinée, tu évoques un retour à
Tanger. Après des considérations sur Israël qui
me dépassent (je retiens ce passage : « Israël a
beaucoup de torts mais n'a pas tous les torts.
Dans cette région c'est la seule démocratie »),
tu écris avoir beaucoup aimé le Tanger international de ta jeunesse. « De Fès, j'y étais en trois

heures de train. Et pourtant quel dépaysement!
C'était pour moi l'Europe, l'Amérique, le clin-
quant, le mystère. Tout pour faire rêver le jeune
homme que j'étais. » Le retour dans cette cité
des merveilles est une déception. « J'ai exorcisé
mon désir de m'installer comme sexologue à
Tanger. Une journée m'a suffi pour abandonner
le projet. » Le spectacle de la « ville franche » te
déprime. Tanger n'est plus selon toi qu'une
bourgade sans âme d'un million d'habitants.
« Elle n'a ni le lustre des belles villes de l'Islam
(je pense à Fès) ni celui des villes modernes
comme Agadir. C'est devenu un ramassis d'im-
meubles entourant la vieille ville, vestige d'un
passé que l'on montre comme une relique mais
qui tombe en ruine et n'a rien d'émouvant. »

Je t'imagine dans ton périple désenchanté, en
habits légers, ton éternel sourire aux lèvres,
yeux plissés, sûrement des lunettes de soleil, des
souliers à semelles souples. Tu écris : « J'ai
mobilisé un taxi pour la journée. Le chauffeur,
un homme dans la cinquantaine, originaire de
Nadaz (dans le Rif), m'a décrit la ville avec
enthousiasme. Puis je lui ai parlé en arabe. A-t-il
reconnu chez moi l'accent ladino? Sûrement,
car aussitôt il a changé de discours, m'avouant
que Tanger était dans le gouffre, que le départ
des Juifs avait été la plus grande catastrophe
pour l'économie et la culture. Il a ajouté que le
gouvernement s'efforçait de les faire revenir,
comme Franco en Espagne dans les années

soixante. Il nous a ensuite amenés le long de la corniche. Après avoir franchi un barrage de police, nous avons pu découvrir l'hôtel le plus prestigieux de Tanger. Selon le chauffeur, il appartient à un Israélien de Tel-Aviv, c'est pourquoi il est si protégé. »

Ta lettre se termine par ton retour chez toi en France, ta lecture du *Vichy* de Paxton et de *Don Quichotte*, selon ta bonne habitude — nous la partageons — de toujours lire deux livres en même temps. J'apprends aussi tes tentatives musicales par cette phrase finale : « Je n'ai pu louer de piano en Espagne. La reprise est difficile. »

Je n'ai pas le courage de lire les autres lettres. Des expressions sont soulignées, « *homme de loi* » (à deux reprises), et le fameux « *change ton comportement* ». Tout cela me renvoie à mes échecs, à notre incompréhension mutuelle, à toutes ces années perdues.

Les antibiotiques commencent à faire effet. Je ne sens plus cette barre sur les yeux et sur la poitrine qui m'oppressait depuis des jours. J'ai l'impression de flotter. Un courant me berce, le son de ta voix assourdi par la mer, à Tanger. Nous n'y sommes jamais allés ensemble et pourtant je jurerais que nos pas s'unissent là-bas. J'essaie de me rappeler qui j'ai été pendant ces longues années. Une sensation désagréable affleure : celle de n'avoir jamais pensé par moi-même. Il fallait que j'épouse les idées des autres, comme si ce devait être le prix à payer pour être accepté. Le sol est mouvant sous mes pas mal assurés. J'allais à vau-l'eau. Je manquais d'air comme maintenant avec cette fichue pneumopathie. Je croyais pouvoir exister à bonne distance de toi et tu vois, en dépit de tes jambes qui se dérobent, tu as fini par me rattraper. Je pense à beaucoup de choses. À l'oasis du Tafilalet, aux caravanes chamelières, à ton grand-père Yahia.

Un mail vient d'arriver de Rome, envoyé par ta sœur Annie. Mardochée se rappelle à mon souvenir. Sacré Mardochée. Dire qu'il vivait encore lors de mes premières visites chez toi. Dire qu'il avait émis le souhait de me connaître. J'avais interrogé Anna-Annie sur la coquetterie de votre père. Voici son rapport complet :

« Mon père adorait bien s'habiller. Il était soucieux de son apparence : tous les matins, il prenait une douche (froide, puis chaude et ensuite froide), ce qui n'était pas le cas de tous les Marocains de sa génération. Au Maroc, il commandait ses habits chez un tailleur. Pour les fêtes juives, Rosh ha-Shana et Pessah, il aimait porter des tenues neuves. Bien sûr, il n'avait pas toujours les moyens de s'en offrir. Parfois, c'était une chemise ou une cravate, une simple ceinture. Quand il allait en France, il achetait des chemises, et il en gardait toujours quelques-unes, neuves, dans son placard, qui attendaient la prochaine fête.

Mardochée avait de très beaux cheveux, qui ont très tôt été blancs. Il portait la plupart du temps un chapeau. Il rêvait d'un borsalino. Je ne crois pas qu'il en ait eu un vrai... peut-être une copie.

Quand il faisait chaud, il enfilait une chemise veste. Il était attentif aux couleurs et la chemise devait être toujours bien repassée. En hiver, il arborait des costumes, avec chemise et cravate, parfois un petit gilet en laine. Il aimait aussi les belles chaussures en cuir. On ne le voyait jamais avec des sandales, même en été.

Autre chose : il ne portait que des boxers, qu'il commandait chez le tailleur. Quand il vivait en France, c'est ma mère qui les lui confectionnait, car il n'en trouvait pas dans le commerce. Tu ne peux savoir sa joie quand je suis allée vivre à NY et que je lui rapportais des boxers, et de bonne qualité ! Il aimait aussi les chaussures américaines, supersolides, mais qu'il faisait quand même ressemeler. Il est venu une fois me voir là-bas, à la naissance de ma fille Shelly. Il se promenait seul dans les rues et s'achetait de temps en temps des habits (quand il arrivait à comprendre les tailles). Un soir que nous étions invités à dîner chez une cousine, il se mit à discuter avec un monsieur. C'était le directeur d'un grand magasin où mon père avait fureté le matin même au rayon Hommes. Il lui avait même demandé un renseignement en français! Le monsieur se souvenait bien de lui...

Voilà! Si j'ai d'autres souvenirs, je te les envoie. Je voulais aussi t'envoyer un CV de ma mère. La prochaine fois.

Annie. »

La nuit est tombée sur ces mots.

Suis-je déjà en train de rêver?

J'ignore ce que sont les fêtes de Rosh ha-Shana

Et Pessah.

Je m'approche de Mardochée.

Il n'a rien à me reprocher.

Nous sommes chez toi, Maurice, dans le creux protégé

De ton salon marocain.

Les livres d'Albert Cohen ont disparu.

Reste un livre à la couverture ivoire

De Gallimard.

Je ne vois pas bien le titre.

J'approche encore, plus près.

Un seul nom se dégage en carmin sur la couverture

Effacé Mangeclous

Un mot en rouge, un prénom,

Mardochée,

Et juste en dessous

Surnommé encore sultan des coquets

Lord chemise neuve et souliers vernis

Et borsalino et rabbin des rigoleurs

Et embobineur d'histoires

Et chevelu du panache blanc

Et sourire à malice et rêveur de mondes

Et trésorier d'enfance et désemmêleur de disputes

Et déguisé de pied en cap et amuseur de galerie.

À demi ensommeillé je promène mes doigts le long de mes étagères. Aucune trace de ce livre que j'ai pourtant vu nettement dans un songe. Mardochée me manque. Ouvrage épuisé. C'est moi qui suis épuisé. Pourtant je suis sûr que ce livre existe quelque part. Je suis en train de l'écrire.

Ce soir tu m'as envoyé un mail de la bibliothèque de Cambrils. Tu t'y rends tous les deux ou trois jours sur ton grand tricycle pour lire les journaux et relever ton courrier électronique. Tu réponds à des messages que je t'ai envoyés plusieurs semaines auparavant, et nos temps se mélangent selon une insaisissable fantaisie. Tu vas rentrer en France à la fin de la semaine pour des séances de perfusion qui, je l'apprends en te lisant, servent à prévenir les fractures. La maladie fragilise tes os, tu deviens une œuvre vivante, un Dalí ou un Giacometti, tes jambes marocaines font merveille, on croirait du verre, un verre ambré par ce soleil qui te patine depuis plus de soixante-dix ans. Récemment je t'ai demandé de me raconter tes impressions de Tanger du temps où tu aimais cette ville.

Voici ta réponse :

« Le Tanger international, c'était magique. Pour s'y rendre il fallait passer deux douanes, la française et l'espagnole. Il fallait changer de monnaie, avoir des pesetas, et tu te retrouvais dans une ville cosmopolite, anglaise par les cabines téléphoniques rouges et le magasin Kent, espagnole par la langue et la monnaie. Les terrasses étaient pleines de gens qui étalaient leur aisance. Des types recherchés par la police se pavanaient sans être inquiétés. Ainsi, mon père m'a montré un jour Jo Attia, le lieutenant de Pierrot le Fou, attablé cigare au bec, entouré de belles pépées. Beaucoup de vieux accompagnaient des jeunes gens devant une population blasée. Bien sûr, pour moi et mon cousin Dédé Tobaly, la plage était un terrain propice pour connaître de jolies filles. Tanger pullulait aussi de banques. Je t'embrasse. La biblio ferme. »

Je reste sous le charme sulfureux de cette évocation. Jo Attia, les belles pépées, des banques et des hors-la-loi, ton père et toi, ta jeunesse dispersée aux terrasses des cafés et sur le sable de Tanger. Et je t'imagine, toujours jeune, à l'heure de quitter la bibliothèque de Cambrils, enfourchant ta monture de don Quichotte à l'assaut du Paseo marítimo, domestiquant les flots bleus avant que s'abaisse doucement le grand rideau de la nuit.

30

Tôt ce matin, est-ce un rêve qui finit ? je survole en avion une mer de nuages. Je survole
l'Afrique. Que de voyages dans ma jeunesse de
reporter. Addis-Abeba, l'immense statue de
Lénine en redingote, les enfants affamés et
malades, la fillette qu'on me proposa d'adopter à
l'hôpital du Lion-Noir, je pense toujours à elle.
Dakar, Saint-Louis, les traces de l'Aéropostale,
et un après-midi, à Pretoria, le regard de Mandela blessé par la lumière du jour après ses longues années de cachot. Les mosquées de terre
crue du Mali, les montagnes de poisson séché
de Mopti, les dunes de Tombouctou que l'on
disait truffées d'ouvrages savants du XIIᵉ siècle. Et
Madagascar, où partit vivre mon grand-père
maternel avant ma naissance — encore un
homme de moins dans mon paysage d'enfant.
La base sous-marine de Diégo-Suarez où Vichy
envisagea de parquer les Juifs de France.

Dans mon drôle d'avion matinal, je revois ces
images et tant d'autres encore. Je songe qu'à

aucun moment dans aucun de ces nombreux voyages je n'ai pensé à toi, à te raconter simplement ce que j'avais découvert ou ressenti. Tu n'étais pas un auditoire convenable. Tu n'étais rien. Dans ces années d'aventure tu étais une part absente de moi. Je n'éprouvais nul besoin de te parler. Je me dispersais autour du monde, jeune homme en fuite, ignorant mon centre de gravité. Jusqu'au jour où un reportage me conduisit à Rabat. À cette époque je connaissais si peu de ta vie que je fus incapable de me souvenir si tu avais étudié dans cette ville ou à Casablanca. C'était un mois de juin, au début des années quatre-vingt-dix. Un soir, cherchant un peu de fraîcheur, je quittai mon hôtel pour marcher au hasard des rues. Comme la nuit s'insinuait, les lampadaires s'allumèrent un à un, des lampadaires bien modestes plantés au milieu de trottoirs défoncés. Alors des nuées de jeunes gens, garçons et filles, souvent vêtus de blouses d'écoliers, s'agglutinèrent autour des lampadaires. S'étaient-ils donné rendez-vous ? Certains s'asseyaient à l'écart, sur le rebord du trottoir. Il n'y avait pas de chahut, très peu de rires ou même de mots échangés. Chacun ouvrait un manuel scolaire et, dans l'éclat de l'ampoule suspendue dans le ciel, étudiait sa leçon. Un jeune homme accepta de me renseigner. Tous ces élèves passeraient bientôt le baccalauréat. Les pannes d'électricité étaient si fréquentes chez eux qu'ils préféraient se retrouver ici le soir pour réviser. Brusquement j'eus une pensée pour toi. Avais-tu toi aussi passé du temps sous les éclairages publics de Fès? Tu voulais tant réussir, t'arracher à la promiscuité familiale.

J'ignore pourquoi ces images me traversent ce matin. La radio annonce que nous sommes le 11 mars et j'ai un pincement au cœur. Il y a deux ans, mon père Michel a décidé d'éteindre la lumière pour toujours. Lui savait tout de mes voyages.

Je rapproche ces deux dates : 10 février, naissance de Maurice ; 11 mars, mort de Michel. Je cherche à cet enchaînement un sens caché, une logique de vie et de mort qui m'échappe mais dont j'éprouve l'étrange force.

Un bref message m'annonce ton retour d'Espagne. Tu as contacté des amis au Maroc chez
qui je serai reçu si je veux y aller. Mais ce sera
sans toi. « Deux crises d'une violence extrême
me confirment que je ne peux plus quitter
mon domicile. » De terribles vomissements
t'ont anéanti des heures durant. Tu as cru
mourir. Peut-être même l'idée t'a-t-elle traversé
que mourir te soulagerait. Une infirmière est
venue chez toi installer une perfusion pour les
os. Je t'imagine cassant comme du verre. Je me
souviens du comédien Patrick Dewaere. Avant
d'avoir lu son nom sur une affiche de cinéma
— c'était *Les Valseuses* —, je croyais qu'il s'appelait Patrick de Verre. Il était fragile, les nerfs
à fleur de peau. Une curieuse association d'idées
m'est venue pour vous rapprocher, lui et toi,
qui n'avez rien en commun. Samedi on a appris
la mort de Jean Ferrat. Quand je t'ai vu la première fois, je t'ai impressionné en te montrant
la corne qui s'était formée au bout de mes doigts

à force de presser les cordes en acier de ma guitare. Je chantais du Ferrat — dont j'ignorais que
le nom était Tenenbaum —, je chantais *La Montagne*, *Ma môme*, *Nuit et brouillard*. Il m'arrivait
aussi de fredonner *Mon vieux* de Daniel Gui-
chard, sans savoir que les paroles étaient de
Jean Ferrat. Me revient ce couplet : « Mais
quand on a juste quinze ans / On n'a pas le
cœur assez grand. » À cet âge-là j'avais le cœur
trop petit pour t'accorder la moindre place.

Tu as une bonne voix aujourd'hui, à peine
voilée. Tu regonflais ton tricycle quand j'ai
appelé. Tu ne supportes plus aucun traitement.
Ton correspondant d'Afrique du Sud essaie de
te guider à distance mais, à la vérité nul n'est
capable de te soigner sans aggraver tes souffrances. Je perçois ton découragement même si
tu veux n'en rien montrer. Tu ne vois pas d'issue
autre que fatale puisque rien n'agit. Mais si les
tumeurs n'ont pas bougé… Tu le sauras d'ici un
mois, après de nouveaux examens.

Après… Après tu verras bien. Tu goûtes
l'instant présent. Pas de vomissements. De l'air
dans les pneus de ton tricycle en vue d'une
balade. Le printemps approche. Et nous parlons
comme de vieux amis, de vieux complices, père
et fils.

Cette nuit j'ai fait un rêve. D'habitude je ne
me souviens jamais de mes rêves. Cette fois il

est si net que je peux le revoir tout éveillé. Un mauvais petit film.

Tu es dans une chambre d'hôpital. Tu grimaces. Tu es aussi blanc que tes draps.

D'un filet de voix, tu dis :

— Quel supplice.

Un médecin ou un infirmier — ce point reste flou — ouvre la porte de la chambre, se plante négligemment devant toi, les mains dans les poches.

Tu répètes à bout de souffle :

— Quel supplice, quel supplice.

L'homme, indifférent, répond :

— C'est ça, pisse, pisse.

Puis il repart sans un regard pour toi.

Cet homme c'est moi. Je me reconnais. Ce n'est pas un homme.

On n'est pas un homme quand on profère de telles paroles. C'est moi avec mon visage de dix-sept ans ou de trente ans, c'est moi d'hier, de tous les avant.

— C'est ça, pisse, pisse.

Ces images ne me quittent pas de toute la journée. Elles viennent de très loin. Je n'en finis pas de t'achever.

32

Ta sœur Annie est venue de Rome nous rendre visite, accompagnée d'Olivier, ton fils aîné, qui vit à Paris. Je dis « ton fils aîné » car je ne parviens jamais à admettre que je suis l'aîné de tes enfants. Annie est intarissable sur tes parents. Comme elle est amoureuse de Mardochée! Comme elle a aimé votre mère Fréha! Je croyais que ce prénom signifiait « lumière » en hébreu. Je me trompais. Fréha veut dire « joie » en arabe marocain. Plusieurs fois, à la fin de leur vie, tes parents m'ont écouté à la radio, des émissions qu'ils prenaient au hasard ou après qu'un proche — toi peut-être — leur eut signalé mon passage. C'était il y a longtemps, vers 1989, 1990. Annie se rappelle leur émotion : « Ma mère disait : "Avant même qu'on cite son nom, je reconnais sa voix. Il parle comme Maurice, pareil, la même vitesse, et le cheveu sur la langue." » Elle prenait Annie à part, insistante : « Demande à ton frère de nous l'amener, on voudrait tant le connaître. »

Tu n'as jamais osé me le demander. Tu as bien fait. Ce n'était pas le moment. Où les aurais-je casés dans ma vie éparpillée que j'essayais sans grand succès de recentrer? Ils étaient si différents de tous ceux que j'avais pu connaître jusque-là. « Tu n'aurais pas compris qui ils étaient », conclut Annie pour couper court aux regrets. Elle est enjouée pour conter la gourmandise de Mardochée, ses ruses pour assouvir son attirance irrépressible pour les belles cerises bien mûres qu'il bâfrait en cachette de Fréha, tranquille sur un banc avec sa fille au retour du marché. « Sais-tu qu'il prisait le tabac? » me demande Annie, tout heureuse de raviver son souvenir comme s'il se tenait là devant nous. Et, bien sûr, de la blague à tabac elle arrive à l'humour de Mardochée, à sa manie de blaguer qui réjouissait les gamins et agaçait les plus grands à partir de huit ou neuf ans. « Comme Maurice avec les petits », ajoute Annie, avant de me demander si moi aussi je blague. Oui, tout le temps avec les enfants, et avec les grands dont je sens qu'ils sont restés des enfants. Michel, mon père, était aussi de cette confrérie des blagueurs.

Quand Mardochée a épousé Fréha, elle avait dix-sept ans. Encore ces dix-sept ans qui se faufilent dans notre histoire. Mardochée avait vingt-trois ans. La première fois qu'il a rencontré Fréha il lui a dit ces mots tout simples : « Bonjour mademoiselle. » Mais il les a prononcés en français, aussitôt auréolé du prestige de cette langue. Il était très distingué. Elle avait déjà un amoureux, que sa famille rejetait : il n'avait pas de situation. Et voilà qu'arrivait ce Mardochée si plaisant, bonjour mademoiselle, qui voulait mieux la connaître après une fête où il l'avait croisée trop vite.

Annie et Olivier évoquent le prénom de Mardochée — « Mardoraï », précise Olivier —, associé à la fête de Pourim. Annie rappelle le conseil de Mardochée à sa nièce Esther avant qu'elle épouse le roi de Perse : « Surtout ne dis pas que tu es juive. » Après il est question d'un complot déjoué par Mardochée, de sa ruse, puis d'une scène de déguisement. Le jour de Pourim, c'est carnaval. Et Mardochée Maman raffolait des déguisements. Le goût de se travestir, d'être un autre, de jouer à être un autre. Ce jeu m'a occupé une longue partie de ma vie.

Annie évoque ensuite Fréha, sa jeunesse dorée, la fille préférée de son père, qui ne savait rien lui refuser. Les plus beaux tissus, les plus belles robes, le piano, la valse. Elle et Mardochée étaient faits pour s'entendre. Fréha était la plus gaie d'une famille ennuyeuse. Mardochée le plus sérieux d'une famille assez drôle... La conversation glisse sur les ressemblances, celle de mes filles aux pommettes hautes avec Fréha. Et moi je tiens aussi de cette branche dite Elalouf, remplie d'intellectuels. Olivier confirme. Un cousin serait mon sosie. J'ai un peu le vertige. Ma petite Zoé, six ans, arrière-petite-fille de Fréha, me dit ressentir des « frissons de tournis » quand elle se hisse sur les dernières branches du sapin, dans le jardin. Plus je découvre l'arbre Mardochée-Fréha, plus j'ai des frissons de tournis.

La nuit vient. Tu es présent dans toute la conversation. Une ombre vivante. Je pense à ces grands-parents inconnus qui se précipitaient vers leur poste de radio au son de ma voix. L'émetteur n'était pas récepteur. Je n'ai jamais senti leurs ondes.

Le lendemain j'ai reçu d'Annie un CV de Fréha, en réalité une courte biographie très personnelle de votre mère, pleine de couleurs et de sentiments.

« Cher Éric.
Je suis si heureuse que tu t'intéresses à la famille. Après notre journée ensemble, je suis allée au centre communautaire juif de la rue Lafayette, où se trouve une synagogue. Ce centre a été construit sous la direction de mon cousin, Edmond Elalouf, et par un architecte, David Elalouf, qui est lui aussi mon cousin. Beaucoup de gens l'appellent le "centre Elalouf" ou la "synagogue Elalouf". Fréha est née en septembre 1916, à Fès. La quatrième dans une famille de sept enfants : Joseph (Yosef), Mazalto (Mzalto), Jacques (Yahacov), Fréha, une sœur

dont je ne me rappelle pas le nom et qui est morte jeune (environ vingt ans), Charles (Shalom), Raphaël (Refaiel). Entre parenthèses, j'ai transcrit les prononciations en arabe. À six ou sept ans, ne parlant pas un mot de français, Fréha a commencé l'école, à l'Alliance israélite, où elle a suivi ses études en français et avec des cours d'hébreu jusqu'à l'âge de douze-treize ans (1929). Elle a bien appris cette langue, mais la parlait toujours avec un accent en roulant les *r*. Elle a obtenu son certificat d'études.

Ma mère était très gâtée par son père, elle était gaie, elle aimait s'habiller, sortir avec ses copines et cousines. Pour ne pas s'ennuyer, elle s'est inscrite à l'École des arts ménagers. On y enseignait la cuisine, la couture. Fréha n'avait pas la patience d'attendre la fin de la leçon pour confectionner ses vêtements. Elle les emportait chez elle, et les terminait pour les mettre tout de suite. Une fois, elle a été réprimandée par son professeur, qui l'a rencontrée dans la rue avec une de ces tenues qu'elle aurait dû finir de coudre à l'école. Son père ne lui refusait jamais une pièce de tissu car elle le faisait rire. Ma tante Mzalto était beaucoup plus sérieuse que ma mère et elle la houspillait en lui disant qu'elle gaspillait la fortune de leur père. Ma mère lui répondait d'en faire autant et d'en profiter!

À l'âge de quatorze-quinze ans, Fréha a connu un garçon qui s'appelait Haliouah. Il devait avoir juste un an ou deux de plus qu'elle. C'était un ami de son frère Jacob. Ils étaient très amoureux. Ma mère le voyait en cachette de ses parents. Mais un soir, au mariage d'une copine, Mardochée l'a rencontrée. Le lendemain, mon grand-père paternel allait chez ses parents pour demander la main de ma mère. Ils se sont mariés en 1932. Leur premier enfant (Anna) est né en 1933, puis Maurice en 1936. »

J'ai lu lentement pour mieux m'imprégner de ces noms, de ces dates, de ces lieux. J'établis une nouvelle cartographie personnelle, qui part de l'oasis du Tafilalet, parcourt Fès, Rabat et Tanger, pour se prolonger dans le quartier Saint-Augustin de Paris, où se tient une synagogue bâtie par un homme qui me ressemble.

Au courrier du matin, je n'en crois pas mes yeux : est arrivée à mon nom une carte postale ancienne. Elle représente une scène d'arrosage des cultures dans une palmeraie. C'est une très belle photo sépia, de petit format, encadrée de grandes marges claires, et portant la mention : « Au cœur du Tafilalet (Maroc oriental sud) ». Au dos quelques lignes griffonnées, illisibles, il pourrait s'agir de ton écriture, mais l'envoi remonte à décembre 1914... Cette carte postale appartient à la « collection des Confins sud-algéro-marocains ». Je lis : « L'eau des puits est remontée à l'aide de bœufs du pays de taille minuscule, attelés en bricole. » En effet, un petit bœuf noir de la taille d'un bouc tire la corde d'un puits de terre, dans un paysage quasi désertique. C'est Natalie qui m'a fait ce cadeau après une recherche sur Internet de la fameuse oasis. Plus tard, nous regardons sur un site quelques images d'amateur tournées à la synagogue de Fès dans les années cinquante, une prière chantée « avec l'accent fassi typique », précise le commentaire. J'écoute cette litanie que je ne comprends pas mais qui ne m'a jamais paru si proche et familière, comme cette palmeraie surgie du passé.

33

Ton dernier envoi me confirme que nous n'irons pas au Maroc ensemble. Tu es trop faible, trop fragile. Tu peux encore hanter les rues de M. sur ton tricycle géant mais c'est le bout du monde. Une bribe d'une chanson de Ferrat attrapée au vol : « Chausser des bottes de sept lieues / En se disant que rien ne presse / Voilà ce que c'est qu'être vieux. »

Tu n'es pas si vieux et pourtant tout presse. Tu écris :

« Voyage au Maroc

« Mon ami Latif m'a assuré hier soir qu'il te prendrait complètement en charge à Rabat. Il viendra te chercher à l'aéroport et te fera la visite de la ville selon mes préférences. Ensuite tu iras à Fès, au palais Jamaï. La visite de la plus belle médina du monde s'impose. Dédé Tobaly s'occupera de ton séjour. »

Je repousse cette « ordonnance » touristique. Je ne doute pas que Latif et Dédé Tobaly se mettront en quatre et plus encore si je prononce simplement ces mots : « Je suis le fils de Maurice. » Mais partir sans toi serait avancer moi-même l'heure de ta mort.

Un samedi à midi je me suis installé dans un restaurant marocain familier. Salade tomates poivrons frais, petits pains ronds et tièdes à l'anis, carottes en petits morceaux qui fondent dans la bouche, imbibés d'huile d'argan et saupoudrés de coriandre. Pour la première fois j'ai commandé un couscous fassi. C'est un plat sucré par une profusion de raisins, des oignons confits, du miel, le tout versé sur une colline de semoule fine comme le sable du désert et jalonnée de safran. À côté fume un bouillon embaumant la cannelle et la fleur d'oranger.

J'ai emporté tes derniers messages pour les lire tranquillement dans ce cadre propice. Parfois, à une table voisine, mon attention est captée par le fil doré de thé à la menthe que le serveur fait crépiter dans les verres. De fines gouttelettes fusent à mesure que le jet s'élève. Je t'avais posé la question, à tout hasard, de ton prénom. Maurice est-il le seul ou en portes-tu d'autres? La réponse n'a pas tardé. Ton autre prénom est Moshé. Ton frère Claude, le rabbin, porte Yahia (votre grand-père du Tafilalet). Ton jeune frère Alain, Yehouda (le père de Fréha).

Moshé, précises-tu dans un autre envoi, correspond à Moïse. Et Solal, héros fameux d'Albert Cohen, prénom de ton petit-fils côté Olivier? Solal est un soleil, celui qui se fraie un chemin, un guide. Je pense avec amusement à d'autres prénoms dont tu m'as parlé. Comme ceux que ce frère aîné de Mardochée, superstitieux et roublard, et porté sur l'argent au point que tu l'appelais Onc' Picsou, avait donnés à ses fils : Richard, Prospère et Fortuné.

Tout à coup je suis un archéologue sur son terrain de fouilles, exhumant avec patience les fragments d'une passion enfouie. Je roule dans ma tête ces petits cailloux. Maurice Moshé, Maurice Moïse. Moshé résonne en moi comme un diminutif de Mardochée. Moshé, Yahia, Yehouda. J'échangerais volontiers le Bruno inscrit en second sur mon état civil contre un seul de ces prénoms.

Dans un autre message, tu ajoutes :

« Nous avions tous un prénom français d'abord et un autre prénom, juif. Je pense que nous souhaitions déjà nous intégrer. Le prénom juif est celui d'un parent que l'on veut honorer. Moi c'est celui d'un frère de Yahia. Olivier, c'est Joseph, le frère de Fréha. Pierre, c'est Mardochée. Carole, c'est Fréha. Les Marocains qui ont fait leur Alya, la montée vers Israël, ont repris le prénom juif. Affectueusement, Maurice. »

Un de tes messages m'éclaire sur la signification du mot « marrane ». J'ignore si tu as consulté une encyclopédie, ton frère rabbi ou juste tes souvenirs, mais ton bref exposé est assez précis.

« Isabelle la Catholique, écris-tu, sous l'influence du clergé, a exigé que les Juifs choisissent de se convertir au christianisme ou de quitter l'Espagne en emportant peu de choses. Ceux qui ont décidé de rester se sont donc convertis. Certains sincèrement, d'autres en continuant à pratiquer en cachette la religion juive. On nomme ces derniers marranes, ce qui signifie "cochons" en vieux castillan. À moins que le mot ne vienne de l'arabe *muharram*, "pêcheur". Avec les générations, ces marranes ont épousé la religion catholique. Ceux qui ont voulu conserver la religion juive ont très vite quitté l'Espagne. Ils se sont rendus à Amsterdam (Spinoza), en France (le grand-père maternel de Montaigne), ou encore en Italie (le docteur Fernando Cardoso, médecin de la Cour). Christophe Colomb serait un marrane.
Demain je répondrai aux autres questions.

Maurice. »

Aux autres questions ?
C'est vrai, je me souviens maintenant de t'avoir interrogé sur tes convictions religieuses.

« Je ne m'esquive pas, précises-tu. Je sais très bien quoi te répondre et de façon sincère. » Tu parles de ton frère Claude, que tu as trop peu fréquenté toutes ces années où tu travaillais comme un forcené. Tu craignais aussi qu'il soit trop religieux pour toi, avant de découvrir sa grande tolérance. Ton frère prie chaque jour pour toi. « Il sera mieux entendu que moi, qui suis un mécréant. »

Ta réponse est en effet arrivée, dans les feuillets que je tiens dans ma main.

« Tu me demandes si je me sens plus juif aujourd'hui.

Lorsque à quinze ans j'ai cessé de me rendre à la synagogue, rompant ainsi avec les rites, la religion juive n'occupait plus mes pensées. Il m'arrivait de célébrer les fêtes par respect pour mes parents ou entraîné par des amis. Une vie active et ma curiosité pour tout ce que je découvrais suffisaient à mon quotidien. C'est la société qui me rappelait ma judéité. Les *Réflexions sur la question juive* de Sartre m'ont vraiment éclairé : c'est le regard de l'autre qui te fait juif.

Aujourd'hui, je réfléchis à l'au-delà, mais pas comme juif. Y a-t-il un Dieu ou un maître de l'univers ? Si c'est le cas, l'idée du peuple élu me paraît absurde. Que représentent quinze millions de Juifs par rapport à la population mondiale ? Malgré tout, je ne veux pas rompre totalement cette alliance, c'est pourquoi je ne serai pas incinéré. Mon frère s'occupera de mon départ. »

J'ai quitté le restaurant marocain sans avoir terminé mon couscous fassi. L'idée de ton départ, sans doute.

34

Le printemps a fini par venir après un long épisode de froid. Tu ne penses qu'à retourner en Espagne au plus vite. Ce livre que j'écris commence à occuper ton esprit. « J'avais souhaité qu'il soit publié quand je ne serais plus là. Mais comme je suis curieux et pas très sûr de pouvoir le lire dans l'au-delà… »

À la veille d'un long week-end, en début de soirée, tu t'es montré plus explicite à travers un long message, qui m'ébranle par sa lucidité.

« Éric bonjour,

Dans ton récit tu retraces l'évolution de tes sentiments envers moi pendant ces trente dernières années.

Bien des choses vont intervenir.

Ton mûrissement, mes maladresses, tes enfants, ma maladie.

Mais l'événement majeur reste la disparition de Michel.

Par fidélité, par gratitude tu t'es senti bridé,

tu as craint de retirer de l'amour à l'un en en donnant à l'autre.

Or comme on aime plusieurs enfants, on peut aimer plusieurs pères.

Chez nous on aime autant les oncles maternels que le père.

Avec la disparition de Michel tu t'es autorisé plus de liberté, sans rien retirer à l'affection que tu lui portes.

Mais malgré cette retenue envers moi, tu as toujours voulu me magnifier. J'ai régulièrement rectifié le tir en te relatant sinon ma médiocrité, du moins ma normalité. Je peux te proposer une liste de gens qui pourraient mieux t'éclairer sur mon parcours, ma personnalité.

Un chirurgien et une sage-femme qui pourront te relater l'épisode de la Clinique d'Occitanie.

Mes deux anesthésistes, un du Maroc et un de France.

Le pédiatre qui pendant près de vingt-cinq ans a visité mes nouveau-nés.

Deux médecins avec qui je ne me suis pas entendu.

Si tu le souhaites, tu pourras les interroger par téléphone et courriel.

Le "pèlerinage au Maroc" te permettra de compléter le portrait. »

Je lis ces lignes une fois, deux fois, plus encore, incapable de m'en détacher.

Ton message me renforce dans mes convictions.

Je n'irai voir personne.

Je ne parlerai à personne d'autre qu'à toi — et à Annie, tant vous vous ressemblez, elle a le même regard que toi, cet œil qui scrute, c'en est presque gênant tant il pénètre profond et semble vous disséquer.

Ma quête n'est pas une enquête.

Je n'en saurai jamais assez mais tout ce que je saurai à la fin c'est ta bouche qui me l'aura dit, c'est de ta main que je l'aurai appris.

Je ne suis pas un détective.

Je ne suis pas ton juge.

Je suis ton fils du bout de la route.

Ton fils de la fin comme tu as eu tes fils et ta fille du début et pour toute la vie.

Je t'aiderai à compter tes jours.

Tu découvriras qu'ils ont été riches et nombreux, les jours de « toi et moi », même quand la vie nous avait projetés moi sans toi.

Nous nous sommes tant manqués que ce manque nous a réunis.

Je t'aiderai à compter tes jours jusqu'au dernier.

Mais je ne deviendrai pas l'imposteur de ta mémoire.

Je ne fréquenterai pas les synagogues.

Je ne réciterai pas les parachas.

Je ne serai pas plus juif demain qu'hier.

Longtemps je ne t'ai pas appelé.

Je veux dire nommé.

Tu as été un non-être, un non-nom.

Dix-sept ans d'inexistence.

Après je ne t'ai pas appelé.

Je veux dire pas téléphoné.

Mais parlant de toi, si peu, ou pensant à toi, si rarement,

Je cherchais à te désigner.

Je disais « l'autre ».

Je disais « mon père biologique » et là je revoyais ta toise, ton stéthoscope, ton tensiomètre.

Je disais « mon père naturel », mais jamais expression me fut si peu naturelle.

Je disais « mon vrai père » et ce vrai sonnait faux.

Je disais « Maman », que je prenais soin de prononcer avec un *e* final pour ne pas créer de confusion avec ma maman.

Longtemps je t'ai appelé de travers.

Tu avais le nom qu'on évite de prononcer.

Je ne te nommais pas plus que tu ne m'avais nommé, au premier jour.

Nommer est une façon d'aimer.

Je ne t'aimais pas.

Ne ressentais rien,

Et surtout aucun besoin de mettre un nom sur ce prétendu rien.

Tu étais l'absent.

Ma mère était là, reste là, toujours là,

Lasse parfois mais jamais lassée de me voir courir toujours après mes pères, après Michel puis après toi. Pères et repères.

Il est un livre que je ne pourrai écrire tant je fus rempli d'elle dès le commencement, petite maman, le livre de ma mère, si bien écrit déjà par Albert Cohen. J'étais un enfant gai. Plus les années passent et plus je suis sombre. Pourtant j'ai marché vers la lumière, du Bordeaux noir de l'enfance aux lumières de la Tunisie, aux éclats enfin donnés des origines, l'oasis du Tafilalet, Fès, le Maroc.

Maintenant c'est fini.

Tu me dis ne plus lire de romans.

Seulement de l'Histoire, des biographies, des destins singuliers.

En voici un, le tien.

J'espère ne pas t'avoir trop malmené.

Les heures et les jours ont manqué.

Toujours à courir après un mot pour en faire deux,

Quand je peux compter les grains qui restent dans le sablier.

J'ai ramassé ce passé pour t'offrir à temps un présent.

Je voulais t'écrire un livre sans phrases.

Je voulais t'écrire un long poème

Je ne suis pas sûr d'avoir réussi.

Un nouvel été approche.

Tu es en vie.

DU MÊME AUTEUR

UN TERRITOIRE FRAGILE, 2000 (Folio n° 4856)

JE PARS DEMAIN, 2001 (Folio n° 5258)

Chez d'autres éditeurs

LE FESTIN DE LA TERRE, *Lieu Commun*, 1988

LES ANNÉES FOLLES DES MATIÈRES PREMIÈRES, *Hatier*, 1988

LA FRANCE EN FRICHE, *Lieu Commun*, 1989

LA PISTE BLANCHE, *Balland*, 1991

ROCHELLE, *Fayard*, 1991 (Folio n° 4179)

MOI AUSSI JE ME SOUVIENS, *Balland*, 1992

BESOIN D'AFRIQUE, avec Christophe Guillemin et Érik Orsenna, *Fayard*, 1992

L'HOMME DE TERRE, *Fayard*, 1993

C'ÉTAIT AILLEURS, avec Hans Silvester, *La Martinière*, 2006

LA FRANCE VUE DU TOUR, avec Jacques Augendre, *Solar*, 2007

PARIS PLAGES : DE 1910 À AUJOURD'HUI, *Hoëbeke*, 2010

FEMMES ÉTERNELLES, avec les photographies d'Olivier Martel, *Philippe Rey*, 2011

Composition Floch
Impression Maury-Imprimeur
45330 Malesherbes
le 16 février 2016.
Dépôt légal : février 2016.
1ᵉʳ dépôt légal dans la collection : octobre 2011.
Numéro d'imprimeur : 206480.

ISBN 978-2-07-044331-1. / Imprimé en France.